U0115791

明道大學國學論叢

互涉與共榮

——唐宋生態文學研究論集

明道大學中國文學系　主編

互涉與共榮——唐宋生態文學研究論集序

明道大學中國文學系與國學研究所自二〇〇二年創系以來，即致力於唐宋學以及現當代文學的研究及推動，這些年來連續辦理「唐宋詩詞」、「唐宋散文」、「唐宋學術思想」、「唐宋書法」，「唐宋俗文學」以及「唐宋生態」，在一系列唐宋學術會議中，力邀海內外唐宋學的研究專家，就唐宋學的各個層面作深入多元的探討。明道大學國學研究所強調教學、研究與學術推廣活動，並配合學校「人格」、「人文」、「人才」的發展方向，以唐宋學術為中心，開發古典文學、文化、思想與語言文字的整體研究與教學，教育學生認識傳統文化、傳統文學，理解傳統哲學義理，進而能鑑賞、理解文學作品之內涵，並能應用於當今日常處世。

二〇一四年夏天「唐宋生態文學研討會」，聚焦在唐宋生態文學爲討論主題，中國古代重視人與自然的依存關係以及天地萬物生滅的平衡法則，在古籍中常見天、地、人三才和平制約的道理，先民敬天愛地、順應四時以安身立命，從而達成「和諧」的生命境界。中國文人仰觀日月，俯察山川及風雲變化，以曉喻人生；徜徉在田園山水，以沉潛心靈；以仁愛萬物，甚至運用動、植物生態景況以表達政治寓意，這些都反映於文學作品當中，展現文人對自然環境與人文社會的關懷。

本系舉辦「唐宋生態文學學術研討會」用意在聚集中文學界學者，對中國唐宋時期的文學作品有關自然生態進行討論，通過汲取古代文人生態保育以及與天地共榮共存之觀念，進而啓發學生尊重生命的智慧與光明。

會議中所發表的論文，會後經發表者與評論人交互研討之後，修訂檢討交付專家審查，以審慎謹嚴的態度集結成書，並名之爲《互涉與共榮——唐宋生態文學研究論集》，藉以彰顯此次學術研討會的具體成果，亦以茲作爲明道大學中文系暨國學所國學研究論叢的第八部叢書。

後學承乏明道大學中文系主任之機緣，得以效微勞深感榮幸，承蒙本校汪大永董事長及郭秋勳校長鼎力支持，科技部人文學研究中心之襄助，使此論集得以順利刊行，在書籍付梓之際，謹以此後記感謝所有護持的善因緣！

明道大學國學研究所所長
羅文玲序於明道大學小雪時分

目次（依發表順序排列）

柳宗元山水記中的政治隱喻

兵界勇

摘要

柳宗元擅長寫作山水亭臺記以及山水遊記（本文統稱山水記），這些記體文字不僅記錄山水幽勝景色，其實也是他內心精神世界的反映。他在貶謫永州、柳州期間，對於地方風土與生態環境深切的觀察與感受，使他善於運用山水景色作爲文學書寫的素材。本文探討柳宗元山水記中的政治隱喻，發現柳宗元追蹤屈原「香草美人」的政治隱喻手法，運用於修築亭臺與觀遊山水之中，且青出於藍，發揮得十分盡致。柳宗元將山水視爲自身理想形象的映照，不僅是由山水物色之美引發的感官愉悅，更是在情感上交融共感，乃至體現對於世界、對於道體的深刻思維。又基於對山水「棄地」的同情，引發柳宗元質疑「造物主」之有無，實則是對於自身有用與無用的糾結，是其政治隱喻深刻的反映。

關鍵詞

柳宗元、屈原、山水、亭臺記、遊記、政治隱喻

一　前言

隱喻，不僅是一種修辭技巧，同時也是一種思考方式。我們的語言不能缺少隱喻，我們的思考方式更需要隱喻。甚至可以說，我們的思考與語言之間的概念系統，其本質便是隱喻。藉著隱喻的使用，可以使語言更加生動、具體，富於形象性與感染力，同時也傳達出更加深入、寬廣而且飽滿的思想訊息，使複雜的事物或問題，能清楚、集中並有意義地呈現。

在修辭學上，隱喻與明喻均屬於比喻的技巧，其中包含著喻體（甲）與喻依（乙）的關係。然而，明喻表現的是「相類的關係」（甲像乙），而隱喻表現的則是「相合的關係」（甲是乙）。前者，可以說是一種客觀的類比，是人對於事物外在表象的一種認知；後者，則是一種主觀的融合，是人對於事物意義內涵的一種體會，帶有強烈的主體情感色彩，展現人的審美力、想像力，以及世界觀。所以隱喻的實質，便在於借助某一類具體的、熟悉的事物理解和體驗另一類抽象的、陌生的事物，其間的關係十分緊密。（註一）

中國古典文學自《詩經》以來，詩人無不善於運用比喻，古人謂之「比興」。《文心雕龍．比興》即云：「比者，附也；興者，起也。附理者切類以指事，起情者依微以擬議。起情故興體以立，附理故比例以生。比則畜憤以斥言，興則環譬以記諷。」又云：「觀夫興之託諭，婉而成章，稱名也小，取類也大。……且何謂為比？蓋寫物以附意，颺言以切事者也。」（註一）聯繫上文說明，可知「比」類似明喻，重在客觀事理的相附，是直接而明顯的；而「興」則猶如隱喻，重在主觀情感的引發，是彷彿而隱微的。隱喻之用，是「環譬」與「記諷」，即通過一系列的形象比喻，婉轉寄託作者深意；更是「稱小」而「取大」，以眼前淺近的事物，比擬高遠宏大的觀念。隱喻可以簡化複雜的現實世界，爲難以捉摸的萬象注入人文思考的生命力。

隱喻在古典詩文之中俯拾皆是。隱喻廣泛運用於政治情懷的書寫，當首推屈原（340-278B.C.）。自屈原放逐，失意於政治而縱情於楚騷之後，中國文學因此產生獨特的政治隱喻，即所謂「香草美人」的傳統，成爲隱喻的典範。如王逸（東漢人，生卒不詳）所稱：

〈離騷〉之文，依《詩》取興，引類譬諭，故善鳥香草，以配忠貞；惡禽臭物，以比讒佞；靈脩美人，以媲於君；宓妃佚女，以譬賢臣；虯龍鸞鳳，以託君子；飄風雲霓，以爲小人。（註二）

屈原這套政治隱喻系統龐大而豐富，霑溉無數？仰文學的後人，成爲文學典故一再重複的意象，其中指涉的政治情境也是歷代政治反覆出現的主題：忠貞好修的志士、讒佞險惡的奸臣、高不可攀的國君、隱居世外的賢者、品德高潔的君子、興風作浪的小人等等。如此構築的政治世界是善與惡激烈的衝突，正不敵邪，紛擾不安的場景，深痛傳達出「君子道消，小人道長」的現實悲劇。

在唐代，與屈原精神最能相通，且擅長於政治隱喻的作家，當推有「深得騷學」（註四）之稱的柳宗元（七七三－八一九）。柳宗元與屈原幾乎有同樣不幸的政治遭遇，同樣爲推動政治改革而受到重挫，同樣因爲不得當道所喜而一再貶逐南方，同樣長年再無法返回朝廷任職。雖宗元未如屈原般自沉，但是壯志未酬，最後仍是抑鬱以終。《舊唐書》本傳載：

（宗元）既罹竄逐，涉履蠻瘴，崎嶇堙厄，蘊騷人之鬱悼，寫情敘事，動必以文。爲騷文十數篇，覽之者爲之悲惻。（註五）

柳宗元爲文確實自覺追蹤屈原，引以爲同調。他的十數篇騷體文字，除了「蘊騷人之鬱悼」的個人憤激之情外，同時也寄託其對於政治現實的隱喻。

不同於屈原喜好以「香草美人」作爲其政治隱喻的題材，柳宗元更樂於採用山水與動物；更且，山水是奇異的山水，動物是奇特的動物。前者如：〈懲咎賦〉、〈夢歸賦〉、〈閔生賦〉、〈囚山賦〉等；後者如〈罵尸蟲文〉、〈宥蝮蛇文〉、〈憎王孫文〉、〈逐畢方文〉、〈辨伏神文〉等。（註六）不僅是騷文如此，柳宗元還選擇其他的文類作爲發揮政治隱喻的藍本。最顯著者便是山水亭臺記、山水遊記（本文統稱山水記），以及動物寓言。本文即先論柳宗元山水記中的政治隱喻。

二　從修築亭臺到觀遊山水

自長安貶謫永州之後，從繁華的都城空間轉變為鄉野的自然空間，柳宗元在寫下著名的山水遊記期間，也寫下為數不少的山水亭臺記。前者是自發而作，後者則泰半受人之託；兩者均可視為寓有柳宗元政治隱喻的文本，具有類似的思想結構。大凡亭臺之建設，多是鎮守一方的臣宰，於公務勞碌之餘，作為休憩閒遊之用而造，造畢而後有記。若是一般寫手，亭臺記不過是按照舊格，記載興建之人事物以備不忘而已，如文體家吳訥所說：

> 大抵記者，蓋所以備不忘。如記營建，當記日月之久近，工費之多少，主佐之姓名，敘事之後，略作議論以結之，此為正體。（註七）

例如，誤收於《柳宗元集》而實為獨孤及（七二六－七七七）撰作的〈馬退山茅亭記〉即是仿此的正規寫法：

冬十月，作新亭于馬退山之陽。因高丘之阻以面勢，無欂櫨節梲之華，不斲椽，不剪茨，不列牆，以白雲爲藩籬，以碧山爲屏風，昭其儉也。……歲在辛卯，我仲兄以方牧之命，試於是邦。夫其德及故信孚，信孚故人和，人和故政多暇。由是嘗徘徊此山，以寄勝概。迺壂迺塗，作我攸宇，於是不崇朝而木工告成。……夫美不自美，因人而彰。蘭亭也，不遭右軍，則清湍脩竹，蕪沒于空山矣。是亭也，僻介閩嶺，佳境罕到，不書所作，使盛跡鬱堙，是貽林澗之媿。故志之。（註八）

此文其實特意藉由新亭落成，頌美「我仲兄」治理邕州的政績：「德及故信孚，信孚故人和，人和故政多暇」，因此新亭之建造乃適時而合度，非但不曾荒廢政務，亦不費民力與木工。此亭彰顯此山之美，此山之美則彰顯主政者之德。此中的隱喻淺明易懂。

這類亭臺記轉入柳宗元手中，則充滿豐富的政治隱喻。柳宗記敘亭臺，最終目的固然不忘藉此頌美主政者之德，一如傳統亭臺記的作法；但其用心在意之處，毋寧更在於亭臺由無至有的修築過程。如以下〈永州韋使君新堂記〉與〈永州崔中丞萬石亭記〉兩則所記：

永州實惟九疑之麓，其始度土者，環山爲城。有石焉，翳于奧草；有泉焉，伏于土塗。蛇虺之所蟠，狸鼠之所游，茂樹惡木，嘉葩毒卉，亂雜而爭植，號爲穢墟。韋公之來既

> 逾月，理甚無事，望其地，且異之。始命芟其蕪，行其塗，積之丘如，蠲之瀏如。既焚既釃，奇勢迭出，清濁辨質，美惡異位。視其植，則清秀敷舒；視其蓄，則溶漾紆餘。怪石森然，周于四隅，或列或跪，或立或仆，竅穴逶邃，堆阜突怒。乃作棟宇，以爲觀游。凡其物類，無不合形輔勢，效伎于堂廡之下。外之連山高原，林麓之崖，間廁隱顯。邇延野綠，遠混天碧，咸會於譙門之外。（註九）

> 御史中丞清河男崔公，來莅永州。閒日，登城北墉，臨于荒野藂翳之隙，見怪石特出，度其下必有殊勝。步自西門，以求其墟。伐竹披奧，欹側以入。綿谷跨溪，皆大石林立，渙若奔雲，錯若置棋，怒者虎鬬，企者鳥厲。抉其穴則鼻口相呀，搜其根則蹄股交峙，環行卒愕，疑若搏噬。於是刳闢朽壤，翦焚榛薉，決澮溝，導伏流，散爲疏林，洄爲清池。寥廓泓渟，若造物者始判清濁，效奇于茲地，非人力也。乃立游亭，以宅厥中。直亭之西，石若掖分，可以眺望。其上青壁斗絕，沉于淵源，莫究其極。自下而望，則合乎攢巒，與山無窮。（註十）

相較獨孤及前篇作法，僅將亭臺建立視爲守宰的政績錦上添花的附屬品，柳宗元卻以隱喻的方式，將政治現實的對抗與改革融入亭臺的修築過程之中，明顯是借題發揮。

首先，亭臺建立之前，景象一片混沌晦暗，石隱於亂草，泉埋於地底，又有蛇虺、狸鼠等醜類盤踞橫行，致使茂樹與惡木、嘉葩與毒卉雜生其間；此處猶如暗喻世道昏昧，奸小行險，賢不肖混雜，美惡無法判分，故號爲「穢墟」，等於是說積聚罪惡的淵藪（〈永州韋使君新堂記〉）。又或者是大石林立，分散錯落，如猛虎，如厲鳥，且根深柢固，互相連結，包圍環視，時時要起來撲噬人；這似乎又是暗喻國中的強霸惡寇各擁山頭，聲氣相通，作威作福，亦是政治現實鮮明的寫照。（〈永州崔中丞萬石亭記〉）因此亭臺由無至有的修築過程，在宗元筆下，便是一段首先「除暴」而後「安良」的過程，寫來誠極痛快淋漓，如：「始命芟其蕪，行其塗，積之丘如，蠲之瀏如。既焚既釃，奇勢迭出，清濁辨質，美惡異位。」（〈永州韋使君新堂記〉）或如：「於是刳闢朽壤，翦焚榛薉，決澮溝，導伏流，散爲疏林，洄爲清池。」（〈永州崔中丞萬石亭記〉）這種大刀闊斧的整治，除朽去穢，令天地爲之清朗，形勢爲之安頓，亂者收服，強者歸順，可說是「功侔於造化」，也象徵柳宗元心中寄寓政治改革後的新氣象。亭臺既立，大功告成，登覽者遊息其上，舉目所見，美景盡收眼底，萬物欣欣向榮，各得其所，一片河清海晏的升平景象，正是所謂「爲而不恃，功成而不處」的聖人之治，無疑代表柳宗元希冀的政治最高理想境界，這是延續自「永貞革新」以來未盡其功的夙願。

柳宗元充滿政治隱喩的山水亭臺記，使得他將「觀遊」之事視爲從事政治必不可少的要求。〈零陵三亭記〉即云：

邑之有觀游，或者以為非政，是大不然。夫氣煩則慮亂，視壅則志滯。君子必有游息之物，高明之具，使之清寧平夷，恆若有餘，然後理達而事成。（註十一）

表面上，此處「觀遊」之事說的是「高明游息之道」，指出主政者必須有休閒遊憩的處所，以便能澄靜煩亂壅滯的思緒，有利於推動政務。然而閱讀內文，可以發現這仍是柳宗元一貫「借此喻彼」的政治隱喻。如云：

……乃發牆藩，驅群畜，決疏沮洳，搜剔山麓，萬石如林，積坳為池。爰有嘉木美卉，垂水藂烄，瓏玲蕭條，清風自生，翠煙自留，不植而遂。魚樂廣閒，鳥慕靜深，別孕巢穴，沉浮嘯萃，不畜而富。伐木墜江，流于邑門。陶土以埴，亦在署側。人無勞力，工得以利。乃作三亭，陟降晦明，高者冠山巔，下者俯清池。更衣膳饔，列置備具，賓以燕好，旅以館舍。高明游息之道，具於是邑，由薛為首。（註十二）

同樣是以書寫亭臺的建立投射其改革政治以登躋太平的理想圖像。此篇雖為薛存義而作，但文中的經營和構思，彷彿讓遠謫僻地的柳宗元得以抒洩其已無用武之地的政治才能，同時也得到一種洞觀全局的視野和心理滿足。最能作為「夫子自道」的山水亭臺記，當屬〈永州法華寺新作西亭記〉，文云：

> 法華寺居永州，地最高。有僧曰覺照，照居寺西廡下。廡之外有大竹數萬，又其外山形下絕。然而薪蒸篠簜，蒙雜擁蔽，吾意伐而除之，必將有見焉。照謂余曰：「是其下有陂池芙蕖，申以湘水之流，眾山之會，果去是，其見遠矣。」遂命僕人持刀斧，婈而翦焉。叢莽下頹，萬類皆出，曠焉茫焉，天爲之益高，地爲之加闢，丘陵山谷之峻，江湖池澤之大，咸若有而增廣之者。夫其地之奇，必以遺乎後，不可曠也。余時謫爲州司馬，官外乎常員，而心得無事。乃取官之祿秩，以爲其亭，其高且廣，蓋方丈者二焉。（註十三）

此西亭是柳宗元接受好友僧覺照之提點而造設，同樣是歷經「伐而除之」、「婈而翦焉」的過程，方得移除山石草木的障礙而後別開新境。然則，此記之特殊，卻是現實的柳宗元經此一剪之伐之的過程之後，反而意外開通其視界與心界，將其政治隱喻的意圖，由聚焦於「亭臺」的點，擴及於「山水」的面；由「修築」的人爲造作，進入「觀遊」的實際體驗，在文學書寫上也更加深化。

柳宗元因法華寺西亭的開闢而眺望到西山，於是展開追尋西山的過程，寫下著名的〈始得西山宴遊記〉。作為「永州八記」之首，本篇的重要性代表柳宗元的視界與心界上的大跳躍。然而作為一種特殊的政治隱喻，其思路並未改變，如前人所言：此文「多是寓言，不惟景物之工」。（註十四）文云：

今年九月二十八日，因坐法華西亭，望西山，始指異之。遂命僕人過湘江，緣染溪，斫榛莽，焚茅茷，窮山之高而止。攀援而登，箕踞而遨，則凡數州之土壤，皆在衽席之下。其高下之勢，岈然洼然，若垤若穴，尺寸千里，攢蹙累積，莫得遯隱。縈青繚白，外與天際，四望如一。然後知是山之特立，不與培塿為類，悠悠乎與顥氣俱，而莫得其涯；洋洋乎與造物者遊，而不知其所窮。（註十五）

這段廣為人知的描寫，自過江溯溪，伐山闢徑，到登臨而上，俯觀四方，柳宗元以此象徵自我一種由低而高的境界攀升。在絕對的高度下，柳宗元終於走出修築亭臺刻意經營的局限，不再汲汲於有為而作的「除暴」與「安良」，而找到真正與自然萬化契合的方法。「然後知吾向之未始游，游於是乎始」，他的政治隱喻也由此找到新的寄託，這便是尋山訪水的觀遊之記。

三　尋山訪水的政治隱喻

柳宗元的山水遊記不同於他的騷體文字總是滿腹牢騷，鬱積悲憤，也不同於他的傳記寓言時時諷刺世人，辛辣尖刻；取而代之是彌漫一股幽靜而孤寂的氣氛。山水本是無情之物，或山或石，或草或木，或鳥或魚，柳宗元身處其間，自外於人世，孤獨面對自己，時常感到自然萬化的神奇。他所見的山水是靈動而有生氣的，這自然世界其實亦彷彿人間世界，充滿著律動與活力，擾攘與紛亂，似無情而實有情。以他敏銳的政治知覺，在巡行山水之際，當亦感到如同深入鄉野訪查民隱一樣。

柳宗元棄政務而遊山水的行爲，令人想起韓愈（七六八－八二四）描述好友崔斯立（唐憲宗時人，生卒不詳）的情形：

> 博陵崔斯立，種學績文，以蓄其有，泓涵演迤，日大以肆。貞元初，挾其能，戰藝於京師，再進再屈千人。元和初，以前大理評事言得失黜官，再轉而爲丞茲邑。始至，喟然曰：「官無卑，顧材不足塞職。」既噤不得施用。又喟然曰：「丞哉！丞哉！余不負丞，而丞負余。」則盡枿去牙角，一躡故跡，破崖岸而爲之。丞廳故有記，壞陋污不可讀。斯立易桷與瓦，墁治壁悉書前任人名氏。庭有老槐四行，南牆鉅竹千挺，儼立若相

持，水虢虢循除鳴。斯立痛掃溉。對樹二松，日吟哦其間。有問者，輒對曰：「余方有公事，子姑去。」（註十六）

崔斯立藝高才美，得意於科場，順利授官，豈知因爲言事被罷黜，貶降爲藍田縣丞。本欲再有一番作爲，卻受限於官卑職淺，隨小吏的指揮左右，只能閉口而無所施用。所以最後崔斯立故意放任自己，不再計較人事；反而修治廳壁，掃溉庭院，以「對樹二松，日吟哦其間」爲其「公事」。這自然又是一種政治隱喻，諷刺朝廷不能用人，使賢能之士陸沈下僚，賦閒度日，毫無作爲。

柳宗元才高而遭貶的經遇與崔斯立是同一翻版。永州司馬與藍田縣丞，兩者均屬於「官外乎常員」的閒職官，有名而無實，無甚殊別。他自放於山水之間也正如同崔斯立以對松吟哦爲「公事」一樣。所不同者，柳宗元將這「公事」具體化爲一篇篇尋山訪水的遊記，以及其中鉅細靡遺的報導，如同自然生態的忠實紀錄，也等於山水地形的普查報告，對於腳程的距離、地形的樣貌、占地的大小、水流的走向，乃至於山石的排列，草木的分布、魚鳥的出沒，均一一載明，幾乎可以令人按圖索驥了。如以下諸文所記：

鈷鉧潭在西山西，其始蓋冉水自南奔注，抵山石，屈折東流，其顛委勢峻，盪勢益暴，

豁其涯，故旁廣而中深，畢至石乃止，流沫成輪，然後徐行，其清而平者且十畝餘，有樹環焉，有泉懸焉。（註十七）

得西山後八日，尋山口西北道二百步，又得鈷鉧潭。潭西二十五步，當湍而浚者爲魚梁。梁之上有丘焉，生竹樹。其石之突怒偃蹇，負土而出，爭爲奇狀者，殆不可數。其嶔然相累而下者，若牛馬之飲于溪；其衝然角列而上者，若熊羆之登于山。丘之小不能一畝，可以籠而有之。（註十八）

從小丘西行百二十步，隔篁竹，聞水聲，如鳴珮環，心樂之。伐竹取道，下見小潭，水尤清冽。全石以爲底，近岸卷石底以出，爲坻爲嶼，爲嵁爲巖。青樹翠蔓，蒙絡搖綴，參差披拂。潭中魚可百許頭，皆若空游無所依。日光下澈，影布石上，佁然不動；俶爾遠逝，往來翕忽，似與游者相樂。潭西南而望，斗折蛇行，明滅可見。其岸勢犬牙差互，不可知其源。（註十九）

由這些紀錄可見，柳宗元非但只是模山範水，求心靈之紓解與寄託而已。他的的確確是當成「公事」一般來辦理，以深入其地的訪查，翔實載錄的筆墨，爲後人留下尋幽訪勝的山水導覽圖。更進一步說，我們可以發現，柳宗元是抱著訪求遺賢的心情，爲世人發掘被遺忘、被棄置的山水，使其不得埋沒於世。故云：

永之人未嘗遊焉，余得之不敢專也，出而傳於世。（註二十）

惜其未始有傳焉者，故累記其所屬，遺之其人，書之其陽，俾後好事者求之得以易。（註二一）

古之人其有樂乎此耶？後之來者，有能追予之踐履耶？（註二二）

柳宗元所欲摹狀描繪以傳諸後人，啓好事者之眼目者，自然是山水秀美的景色。然而由政治隱喻的角度觀之，這些秀美的景色既是代表山水純然本眞且未受污染的高潔品德，實際上也呼應他內心所欲追尋、所欲表彰的賢者品德，此中飽含著柳宗元濃烈的主觀色彩與情感。這與屈原「香草美人」的隱喻手法是如出一轍，如司馬遷（一四五〔一三五？〕-八六B.C.）所指出：

其文約，其辭微；其志潔，其行廉。其稱文小而其指極大，舉類邇而見義遠。其志潔，故其稱物芳。其行廉，故死而不容自疏……。（註二三）

是故，當柳宗元精細狀寫這些山水幽奇神祕之處，筆端便會流露出非常微妙的物我相感，既是山水與柳宗元的對話，同時也是柳宗元與自我的對話。發現山水，其實是發現賢者；發現賢者，其實是發現自我。山水與宗元，因此互爲知音，惺惺相惜，具有同等不爲世人所知的高潔品德。最能形容這種微妙的物我相感，當屬〈袁家渴記〉：

有小山出水中，山皆美石，上生青叢，冬夏常蔚然。其旁多巖洞，其下多白礫，其樹多楓柟石楠，楩櫧樟柚，草則蘭芷。又有異卉，類合歡而蔓生，轇轕水石。每風自四山而下，振動大木，掩苒眾草，紛紅駭綠，蓊葧香氣。衝濤旋瀨，退貯谿谷，搖颺葳蕤，與時推移。其大都如此，余無以窮其狀。（註二四）

此段絕美的描寫，歷來注家皆讚不絕口，無不欣賞其造語之妙，賦景之奇，可以入於化工；但這不免只從文字表面視之，未得究竟。如果從屈原式的政治隱喻深入玩味，不難體會，此中所描述「冬夏常蔚然」的楓柟石楠、楩櫧樟柚、蘭芷、異卉，無不是「其志潔，故其稱物芳」的代表，隱喻其人格的正直、高潔、芳美，不因四時變遷而改易。自「每風自四山而下」一連九句，氣勢澎湃，寫風的振動掩苒，捲起大木眾草繽紛的色彩、蓊鬱的香氣，甚至衝蕩迴旋，在山谷溪間搖曳起伏，久久不息。這豈不是隱喻其才德之盛之美在得時乘勢（風起之時）

的極致發揮？「與時推移」一詞，令人想起柳宗元在〈懲咎賦〉中對於「道」的描述，與此相較，簡直不謀而合：

曰道有象兮，而無其形。推變乘時兮，與志相迎。不及則殆兮，過則失眞。謹守而中兮，與時偕行。萬類芸芸兮，率由以寧。剛柔馳張兮，出入綸經。（註二五）

這種巧合應非偶然。「推變乘時兮，與志相迎」，正如風捲草木，草木亦投之以色彩與香氣，而達到「萬類芸芸兮，率由以寧」，全然的和諧，盡情的釋放。寫山水至此，無疑已將山水視爲自身理想形象的映照，不僅是由山水物色之美引發的愉心快目悅耳，更是在情感上交融共感，乃至體現對於世界、對於道體的深刻思維。

四　造物有無的政治隱喻

柳宗元必然在極孤獨、極清靜時，方能察覺山水種種細緻幽微的變化及其神妙；這種靜默自得的觀察，又是誠難與人共賞。故而在他筆下，山水景致時而透露淒清寒冷，氣氛令人不安。如云：

坐潭上，四面竹樹環合，寂寥無人，淒神寒骨，悄愴幽邃。以其境過清，不可久居，乃記之而去。（註二六）

「寂寥無人」，「不可久居」，道出遺世獨立的孤寂感，也是賢者遭世人遺棄的孤獨形象。山水的淒寒，即是柳宗元心中的淒寒。何以如此清秀的山水美地竟遭世人遺棄，而獨自淒寒？「棄地」，乃成爲柳宗元山水遊記中最爲醒目的政治隱喻。〈鈷鉧潭西小丘記〉云：

丘之小不能一畝，可以籠而有之。問其主，曰：「唐氏之棄地，貨而不售。」問其價，曰：「止四百。」余憐而售之。李深源、元克己時同遊，皆大喜，出自意外。即更取器用，剷刈穢草，伐去惡木，烈火而焚之。嘉木立，美竹露，奇石顯。由其中以望，則山之高，雲之浮，溪之流，鳥獸之遨遊，舉熙熙然迴巧獻技，以效茲丘之下。枕席而臥，則清泠之狀與目謀，瀯瀯之聲與耳謀，悠然而虛者與神謀，淵然而靜者與心謀。不匝旬而得異地者二，雖古好事之士，或未能至焉。噫！以茲丘之勝，致之灃、鎬、鄠、杜，則貴游之士爭買者，日增千金而愈不可得。今棄是州也，農夫漁父過而陋之，賈四百，連歲不能售。而我與深源、克己獨喜得之，是其果有遭乎！書於石，所以賀茲丘之遭也。（註二七）

林紓（一八五二－一九二四）評此文曰：「此等托物而感遇，……以山水之狀態，會諸耳目之心神，自是悟道有得之言。究之名心未淨，終以遭遇爲言。灃、鎬、鄠、杜，朝廷也；貴游之士，執政也。爭買者，置之門下也。言棄者，謫居也。」（註二八）一一指出其中的政治隱喻，誠極精確。柳宗元藉由「棄地」的眼前現實，寄寓「棄人」的自身感慨。過去柳宗元以文名顯貴於京師，當時的諸公要人爭相將他羅致於門下，猶如將美地置於熱鬧的朝市，吸引富貴財主重價購求；如今卻貶謫在荒遠之州，冷落無聊，猶如將美地棄置僻壤，連農夫漁父也視若無用，長年不得出售，豈不可悲？柳宗元因爲購得此地，喜樂不已，故「賀茲丘之遭也」，反面卻是表達自己無人購求的悲哀，眞若「長歌之哀，過乎慟哭」！（註二九）買地之後，柳宗元費心整治，「更取器用，剷刈穢草，伐去惡木，烈火而焚之」，其行動頗類似前舉的修築亭臺；所不同者，此處伐之焚之的過程，隱喻的是其自我潔身好修的高貴品質，藉不斷的自我修爲將品德與才能提升至更高的境界，如同屈原在〈離騷〉中所自陳：「紛吾既有此內美兮，又重之以修能」；「進不入以離尤兮，退將復修吾初服」；「民生各有所樂兮，余獨好修以爲常」。（註三十）而其盡心整治「棄地」之成效，即是「山之高，雲之浮，溪之流，鳥獸之遨遊，舉熙熙然迴巧獻技，以效茲丘之下」，這指涉的是自我修爲達到與天地冥合的高度，與〈始得宴遊西山記〉所述：「悠悠乎與顥氣俱，而莫得其涯；洋洋乎與造物者遊，而不知其所窮」，意思相仿。柳宗元藉此隱喻他在政治失意被朝廷棄逐之後，爲安身立命尋找的出路。

爲何山水美地不處於盛朝京師或通都大邑，以致無人知遇知賞而成爲「棄地」？這自然觸動柳宗元敏感的心靈。所以雖然他欣欣然於「與造物者遊」，卻也開始質疑「造物者」是有是無？若有，爲何將美地棄置；若無，爲何又造此美地？這兩難的詰問，是柳宗元心中最核心的「天問」。

「永州八記」的末篇〈小石城山記〉中即有此叩問。此篇寫該地形勢爲積石疊壘而成，有如女牆、屋棟，又如堡塢、城門，雖無土壤卻生長嘉樹美竹，疏密合度，布置儼然，若有安排，柳宗元因此生出讚歎：「類智者所施設也。」此下卻一筆掉轉，大發議論：

噫！吾疑造物者之有無久矣。及是，愈以爲誠有。又怪其不爲之中州，而列是夷狄，更千百年不得一售其伎，是固勞而無用，神者儻不宜如是，則其果無乎？或曰：「以慰夫賢而辱於此者。」或曰：「其氣之靈不爲偉人，而獨爲是物，故楚之南少人而多石。」是二者，余未信之。（註二一）

此中對造物者之有無反覆詰難的矛盾，並不是爲「棄地」伸訴，而是柳宗元對於自身有用無用的懷疑。柳宗元才德兼備，自視甚高，猶如永州的山水美地，不甘於沉沒。既然有造物者，爲何賦予我美好才德而棄置不用？若無造物者，又爲何緣故賦予我美好才德？柳宗元面對山水「棄地」產生同病相憐之情，而對「造物者」發此疑問。這與他一貫對於「天」之本質的思考頗有歧異。

按，柳宗元對於「天」的見解，可見於〈天說〉。略云：

彼上而元者，世謂之天；下而黃者，世謂之地；渾然而中處著，世謂之元氣；寒而暑者，世謂之陰陽。是雖大，無異果蓏、癰痔、草木也。假而有能去其攻穴者，是物也，其能有報乎？蕃而息之者，其能有怒乎？天地，大果蓏也；元氣，大癰痔也；陰陽，大草木也，其烏能賞功而罰禍乎？功者自功，禍者自禍，欲望其賞罰者，大謬矣；呼而怨，欲望其哀且仁者，愈大謬矣。（註二二）

在此，柳宗元本荀子〈天論〉「天人不相與」之思想，認爲天地、元氣、陰陽與果蓏、癰痔、草木，皆爲無知之自然物質，並無任何意志，人事之功敗禍福，均由人自取，非有所賞罰。是故冀求天地、元氣、陰陽賞功罰過，或是呼天怨地，以求上天之憐憫仁慈，皆是荒謬愚蠢之事。「天」既無意志，則當然亦無所謂之「造物者」，此自不容否認。

以〈天說〉之論看柳宗元對「造物者」的質疑，可說是「以子之矛，攻子之盾」，顯得非常突兀。但若從政治隱喻來看，便知這種文學書寫不過是表面之詞。柳宗元眞正的意思是：不管造物者是有是無，賢者被棄，與山水被棄一樣，本是人間不該有的遺憾和缺失。若是有造物者，則是人謀不臧，在上位者失職，我之有用，實無所用；若是無造物者，則是天地不仁，又何責於人？我之無用，實有所用。兩者皆於既成事實的被棄已無可彌補。所以，柳宗元既不願肯定其有，也不願否定其無；如同其不信山水是爲安慰受辱之賢者而存在，也不信山水是由偉人之靈變作一樣。是這是其心中糾結的所在。

若爲柳宗元設想，跳脫有用與無用自我循環的爭辯，或許才能找到眞正生命的安頓，也才能還給山水之「棄地」眞正的面目。柳宗元晚年最後一篇山水遊記，〈柳州山水近治可游者記〉，(註三三) 便是具有這樣神理氣味之作。該文通篇是直筆敘事，無起無收，無照無映，只是逐段記去，寫遊途中所見之水流山石，鳥飛魚沉，筆法精妙如酈道元《水經注》，卻不著一點感慨和議論的姿色，與以上永州諸遊記迥異。茲引一段爲例：

又西曰仙弈之山。山之西可上。其上有穴，穴有屏，有室，有宇。其宇下有流石成形，如肺肝，如茄房。或積于下，如人，如禽，如器物，甚眾。東西九十尺，南北少半。東登入小穴，常有四尺，則廓然甚大。無竅，正黑，燭之，高僅見其宇，皆流石怪狀。由屏南室中入小穴，倍常而上，始黑，已而大明，爲上室。由上室而上，有穴，北出之，乃臨大野，飛鳥皆視其背。其始登者，得石枰於上，黑肌而赤脈，十有八道，可弈，故以云。其山多梩，多櫧，多篔簹之竹，多橐吾。其鳥，多秭歸。

寫山穴的方位、大小、形狀、明暗，又寫山上之物，或石枰、或樹木、或飛鳥，筆筆白描，或純用明喻，難見任何隱喻及主觀色彩。前人對此有極好的確評：

> 遊記著色點染，多失之肥。……惟柳州嶺南諸篇，卻是土石氣息，如左氏敘戰陣兵法，妙在簡括。（註三四）

前舉柳宗元永州遊記，確實有「失之肥」的微瑕，除其文彩斑斕，著色點染，痕跡過露之外，也應在於其政治隱喻寄託太深，負載太重，吞吐積鬱，感慨淋漓，故而如此。〈柳州山水近治可游者記〉與此相比，幾乎判若兩手。然則，柳宗元晚年之山水遊記之所以能修鍊到「土石氣息」一般淡然境界，究竟是出自於「安時而處順，哀樂不能不也」（註三五）的達觀，抑或是「吾之浩浩非戚戚之尤者乎」（註三六）的抑鬱，不免令人掩卷沉思。

五　結論

本文以政治隱喻的角度閱讀柳宗元的山水記，可以發現柳宗元確實追蹤屈原「香草美人」

的政治隱喻手法，運用於修築亭臺與觀遊山水之中，且青出於藍，發揮得十分盡致。

首先，柳宗元將政治現實的對抗與改革融入修築亭臺之中，亭臺由無至有的過程，即是其政治理想由「除暴」到「安良」的過程。亭臺的建立投射柳宗元改革政治以登躋太平的理想圖像，讓遠謫僻地的柳宗元得以抒洩其無用武之地的政治才能，同時也得到洞觀全局的視野和心理滿足。

其次，柳宗元又將其政治隱喻的意圖，由聚焦於「亭臺」的點，擴及於「山水」的面；由「修築」的人爲造作，進入「觀遊」的實際體驗。他不僅將「觀遊」當成「公事」一般來辦理，以深入其地的訪查，翔實載錄的筆墨，爲後人留下尋幽訪勝的山水導覽圖；更且抱著訪求遺賢之心，爲世人發掘被遺忘棄置的山水，使其不得埋沒於世。發現山水，其實是發現賢者；發現賢者，其實是發現自我。柳宗元將山水視爲自身理想形象的映照，不僅是由山水物色之美引發的感官愉悅，更是在情感上交融共感，乃至體現對於世界、對於道體的深刻思維。

其三，山水美地因爲處於僻壤無人知賞而成爲「棄地」。「棄地」是柳宗元山水遊記中最爲醒目的政治隱喻，寄寓柳宗元自身爲「棄人」的感慨。更進一步引起「造物者」是有是無的質疑。柳宗元反覆詰難，並非爲「棄地」伸訴，而是對於自身有用無用的懷疑。所以柳宗元既不願肯定其有，也不願否定其無。這是其心中糾結的所在。

最後，柳宗元最爲特殊的山水遊記，當屬〈柳州山水近治可游者記〉。該文用直敘之筆，不著議論感慨，無任何政治隱喻可言，僅存「土石氣息」，無疑亦是柳宗元晚年某種心境之投射。然而是得是失，必有能辨之者。

注釋

註一　參考曹春春：〈政治隱喻的文體功能探討〉，《福州大學學報》（哲學社會科學版）二〇〇八年第三期（總八五期）（二〇〇八年），頁四八。

註二　〔梁〕劉勰著，周振甫注釋：《文心雕龍注釋》（臺北市：里仁書局，一九八四年），頁六七七。

註三　〔東漢〕王逸：《楚辭章句》序。見〔宋〕洪興祖：《楚辭補注》（臺北市：臺灣中華書局，一九六九年影印聚珍倣宋版），頁三。

註四　〔宋〕嚴羽著，郭紹虞校釋：《滄浪詩話校釋》（北京市：人民文學出版社，一九六一年），頁一八六。

註五　〔後晉〕劉昫總纂：〈柳宗元傳〉，《舊唐書》（臺北市：鼎文書局，一九八四年），卷一六〇，頁四二一四。

註六　以上二類文字，分見〔唐〕柳宗元：《柳宗元集》（北京市：中華書局，二〇〇六年），卷二、卷十八。以下引用該書，僅註出卷次、頁碼。

註七　〔明〕吳訥：《文章辨體序說》，見吳訥、徐師曾：《文章辨體序說、文體明辨序說》（北京市：人民文學出版社，一九六二年），頁四一－四二。

註　八　〔宋〕李昉編纂：《文苑英華》（北京市：中華書局，一九六六年），卷八二四，頁四三五〇。此文亦見《柳宗元集》，卷二七，頁七三〇，題爲〈邕州柳中丞作馬退山茅亭記〉。校勘記云：「按：陳景雲《柳集點勘》：『按《文苑》此記乃獨孤及作。編者誤入而注家仍其誤。何焯《義門讀書記》亦云：『《英華》作獨孤及文者近之。』陳何二說近似。」頁七三一。又，新近出版之《柳宗元集校注》（北京市：中華書局，二〇一三年），則辯證各家之說，指出：「此文《文苑英華》卷八二四收爲獨孤及作，《毗陵集》卷十七亦載之，非柳宗元文，前人論之已詳，未可移也。」並舉三「理據」，證明此文確非柳作。文長不引，請見該書頁一八〇四。

註　九　〈永州韋使君新堂記〉，《柳宗元集》，卷二七，頁七三二。

註　十　〈永州崔中丞萬石亭記〉，《柳宗元集》，卷二七，頁七三四。

註十一　〈零陵三亭記〉，《柳宗元集》，卷二七，頁七三七。按，原文作「觀游」，本文書寫仍用「觀遊」。

註十二　同上註，頁七三八。

註十三　〈永州法華寺新作西亭記〉，《柳宗元集》，卷二八，頁七四九。

註十四　〔清〕何焯：《義門讀書記》，卷三六。轉引自尹占華、韓文奇校注：《柳宗元集校注》（北京市：中華書局，二〇一三年），冊六，頁一八九六。以下引用該書，僅註出冊數、頁碼。

註十五　〈始得西山宴遊記〉，《柳宗元集》，卷二八，頁七六二。

註十六　〔唐〕韓愈：〈藍田縣丞廳壁記〉，《韓昌黎先生文集校注》（臺北市：華正書局，一九八二年），卷二，頁五一。
註十七　〈鈷鉧潭記〉，《柳宗元集》，卷二九，頁七六四。
註十八　〈鈷鉧潭西小丘記〉，《柳宗元集》，卷二九，頁七六五。
註十九　〈小丘西小石潭記〉，《柳宗元集》，卷二九，頁七六七。
註二十　〈袁家渴記〉，《柳宗元集》，卷二九，頁七六九。
註二一　〈石渠記〉，《柳宗元集》，卷二九，頁七七〇。
註二二　〈石澗記〉，《柳宗元集》，卷二九，頁七七二。
註二三　〈屈原賈生列傳〉，〔漢〕司馬遷：《史記》（臺北市：鼎文書局，一九八四年），頁。
註二四　同註二十。
註二五　〈懲咎賦〉，《柳宗元集》，卷二，頁五三。
註二六　同註十九。
註二七　〈鈷鉧潭西小丘記〉，《柳宗元集》，卷二九，頁七六五。
註二八　〔清〕林紓選評：《古文辭類纂》，卷九。轉引自：《柳宗元集校注》，冊六，頁一九一一。
註二九　〈對賀者〉，《柳宗元集》，卷十四，頁三六一。
註三十　〔戰國〕屈原：〈離騷〉。同註一，分見：頁四、頁十四、頁十五。
註三一　〈小石城山記〉，《柳宗元集》，卷二九，頁七七二。
註三二　〈天說〉，《柳宗元集》，卷十六，頁四四二－四四三。

註三三 〈柳州山水近治可游者記〉，《柳宗元集》，卷二九，頁七七五。

註三四 〔清〕王之績：《鐵立文起》，前編，卷二。轉引自：《柳宗元集校注》（北京市：中華書局，二〇一三年），冊六，頁一九五三。

註三五 錢穆：《莊子·養生主》，收入《莊子纂箋》（臺北市：東大圖書公司，一九八六年），頁二六。

註三六 同註二九。

李白詩中的山水田園與自然人文思想

陳正平

摘要

山水田園的詩風特色，好像不能與詩仙李白劃上等號，然而詩仙的許多作品中，也的確流露出對大自然的嚮往，當理想無法實踐與伸張，加上殘酷現實的打擊，小人排擠的惡劣環境，讓詩人不得不轉身投向酒香世界、虛幻的神仙國度和山水田園大自然。

人是大自然的產物，大自然裡的山水田園、花草樹木、蟲魚鳥獸，是宇宙天地間最佳的療癒方式，當人們親近自然、擁抱自然時，從中所獲得的喜悅和平靜，不僅可以放鬆身體、撫慰疲憊的身軀、陶冶心靈，更是安頓靈魂的最佳良方，詩人也深知這箇中滋味，因此詩中有不少山水田園的詩作。

由本文可得知：一、詩人不純然描寫山水大自然和田園風光的景色，將詩歌寫作融入詩人生命歷程，有詩人的生命內涵在其中。二、詩人「五岳尋仙不辭遠，一生好入名山遊」尋仙與遊名山，是詩人重要喜愛與生命中的追求，可以樂此不疲，沉浸在山水大自然的美景之中。三、在田園風光的描寫上，農家田園及水鄉澤國江南風光，勞動女子的風情面貌，寫景之外，帶有江南女子的淡淡憂傷。四、在自然人文精神與思想上有兩個特色：1強調崇尚天然單純之美，反對過多的雕琢及修飾。2是將道家的生活方式融入於自然之中。五、詩人注重親臨，用熱情與實際行動去感受大自然的美好，融入民歌、傳奇、故事，加上詩人特有的想像力、氣度、才華，天馬行空的神來之筆，神靈活現、生動奇俊、展現在我們眼前。

關鍵詞

唐詩、李白、山水田園、自然人文思想、自然書寫

一　前言

人與自然環境生態的關係，從古自今一直是人類思考的問題，它與人類的生活息息相關，而「生態文學」是近幾年重要的議題，尤其當前自然生態受到人們嚴重破壞的同時，地球的溫室效應、氣候的巨變、環境的變遷、熱帶雨林的消失、環境污染、糧食短缺、天災頻傳……等問題，讓人們必須更加慎重來面對地球環境與生態變化的種種問題。

說到山水田園的詩風特色，好像不能與偉大的詩仙李白有所關係，甚至畫上等號，大家所關注是他的浪漫情懷，和縱情揮灑多采多姿的個人主義，詩仙李白的思想複雜、想像豐富、個性灑脫、行爲大膽、不拘禮俗，呈現多元面貌又令人捉摸不定的人格特質：和諧中有矛盾，矛盾中有衝突，衝突中又有轉折；看似寧靜又騷動，觀之飛揚又沈寂；視之滿腔熱忱追求事功，卻又隱然遁世投身仙道，呈現一種不安定的靈魂，遊走在大唐盛世，以「筆落驚風雨，詩成泣鬼神」之姿，帶給後世人們許多的驚嘆號與問號。

然而，詩仙李白的許多作品中，也流露出對山水田園及大自然的嚮往和渴望，在詩人生命歷程追尋過程中，當追求的理想無法實踐與伸張時，加上殘酷現實的打擊，小人排擠的惡劣環境，讓詩人不得不轉身投向酒香世界、虛幻的神仙國度和山水田園大自然之中。加上李白曾經入道士籍，有幾年的時間過著道士般的生活，道家主張清靜無爲、師法自然，與自然合而爲一，如同老子《道德經》中所說的：「人法地，地法天，天法道，道法自然。」（註一）因此大自然的山林草木、壯闊山水、清泉瀑布、朝霧雲霞、風雨雷電，給了詩人不一樣的生命養分。人是大自然的產物，大自然裡的山水田園、花草樹木、蟲魚鳥獸、清溪翠林、山嵐流霞，是宇宙天地間賜予人類最佳的療癒方式，當人們親近自然、擁抱山川自然時，從中所獲得的喜悅和平靜，不僅可以放鬆身體、撫慰疲憊的身軀、陶冶心靈，更是安頓靈魂的最佳良方，詩人也深知這箇中滋味，因此詩中有不少山水田園及大自然的詩作。

本文深入探索研究李白詩中山水田園與自然人文的價值呈現，詩人創作詩歌有關於自然書寫的部分，從幾個方面來論述：一，山水景色的描寫；二，田園風光的呈現；三，詩人的生命與自然；四，詩人的自然人文思想與關懷：（一）清水出芙蓉，天然去雕飾。（二）道家生活，融入自然之中。從這幾個面向進行闡發與論述，冀望能眞實呈現李白對於山水、田園、自然的書寫，以及自己生命融入於自然之中，所獲得的安頓與追尋。

二　山水景色的描寫

李白喜愛遊山玩水，讓自己親近大自然，享受大自然的美好及帶給詩人的感受體悟，詩人在〈廬山謠寄盧侍御虛舟〉一詩中說道：「五岳尋仙不辭遠，一生好入名山遊。」（註二）尋仙及遊山玩水，是詩人生命中的愛好與追尋。在山水景色的詩作中，最有名的為李白的〈望廬山瀑布〉二首：

西登香爐峰，南見瀑布水。挂流三百丈，噴壑數十里。欻如飛電來，隱若白虹起。初驚河漢落，半灑雲天裏。仰觀勢轉雄，壯哉造化功。海風吹不斷，江月照還空。空中亂潨射，左右洗青壁。飛珠散輕霞，流沫沸穹石。而我樂名山，對之心益閒。無論漱瓊液，還得洗塵顏。且諧宿所好，永願辭人間。

日照香爐（註三）生紫煙，遙看瀑布挂前川。飛流直下三千尺，疑是銀河落九天。（註四）

這兩首詩寫出大自然的壯闊秀麗，詩中寫道「挂流三百丈，噴壑數十里。欻如飛電來，隱若白虹起。初驚河漢落，半灑雲天裏。仰觀勢轉雄，壯哉造化功。」對於廬山瀑布的描寫生動而傳神，將瀑布飛灑之姿，形容成空中飛電，又若似白虹升起，寫瀑布水的情況是「空中亂潨射，左右洗青壁。飛珠散輕霞，流沫沸穹石。」水流沖擊所激起的水花在空中飛彈亂潨射，刷洗左右的青壁，奔飛的水珠飄散似輕霞；流水的泡沫在穹石上像是沸騰一般滾動著，更是描寫得精彩無比、出神入化。在如此壯麗的景色中，很容易讓詩人沉醉其間，而興起了詩人的心願是「而我樂名山，對之心益閒。無論漱瓊液，還得洗塵顏。且諧宿所好，永願辭人間。」名山勝境中的山水氣勢盛況，令詩人心曠神怡，甚至樂此所好，而永願辭人間，大自然的確是安頓撫慰生命最佳的方式之一。詩人熱愛山水大自然的美景，再從他的〈秋于敬亭送從姪耑遊廬山序〉中，又再一次強調廬山瀑布壯觀景象帶給他的感受，其云：

方告我遠涉，西登香爐。長山橫蹙，九江苋轉，瀑布天落，半與銀河爭流，騰虹奔電，潨射萬壑，此宇宙之奇詭也。（註五）

描寫眼前所見的瀑布水從天而落，如同與天上銀河爭流，像騰飛的虹、奔馳的電一般，水花潨射於萬壑溪流之中，這是何等的美麗壯觀，眞令人感到萬分讚嘆，這宇宙大自然的神奇奧妙，教詩人難以忘懷。此外，在詩人的〈夢遊天姥吟留別〉一詩中寫道：

海客談瀛洲，煙濤微茫信難求；越人語天姥，雲霞明滅或可睹。天姥連天向天橫，勢拔五嶽掩赤城。天臺四萬八千丈，對此欲倒東南傾。

我欲因之夢吳越，一夜飛度鏡湖月。湖月照我影，送我至剡溪。謝公宿處今尚在，淥水蕩漾清猿啼。腳著謝公屐，身登青雲梯。半壁見海日，空中聞天雞。千岩萬轉路不定，迷花倚石忽已暝。熊咆龍吟殷岩泉，栗深林兮驚層巔。雲青青兮欲雨，水澹澹兮生煙。列缺霹靂，丘巒崩摧。洞天石扉，訇然中開。青冥浩蕩不見底，日月照耀金銀臺。霓爲衣兮風爲馬，雲之君兮紛紛而來下。虎鼓瑟兮鸞回車，仙之人兮列如麻。忽魂悸以魄動，怳驚起而長嗟。惟覺時之枕席，失向來之煙霞。世間行樂亦如此，古來萬事東流水。別君去兮何時還？且放白鹿青崖間。須行即騎訪名山。安能摧眉折腰事權貴，使我不得開心顏！（註六）

李白此詩眞是神來一筆之名作，雖是記夢詩，也是遊仙詩。詩寫夢遊仙府名山——瀛洲，構思精密，著意奇特，意境雄偉。感慨深沉激烈，變化惝怳莫測於虛無飄渺的描述中，寄寓著生活現實。內容豐富曲折充滿變化，形象流麗輝煌奪目，富有強烈的浪漫主義色彩。在形式上雜言相間，兼用騷體，不受格律的約束，體制解放自由。信手寫來，筆隨興至，詩才橫溢，飄灑絕倫，堪稱是絕世名作。

描寫夢境中的大自然或仙境，氣勢壯觀宏偉：「熊咆龍吟殷岩泉，栗深林兮驚層巔。雲青青兮欲雨，水澹澹兮生煙。列缺霹靂，丘巒崩摧。洞天石扉，訇然中開。青冥浩蕩不見底，日月照耀金銀臺。」以熊在怒吼，龍在長鳴爲比喻，岩中的泉水在震響，使森林山峰爲之戰慄爲之驚顫。雲層黑沉沉的，像是要下雨的樣子，水波動盪生起了迷離的煙霧。電光閃閃耀眼，雷聲轟鳴灌耳，山峰好像要被崩塌似的。仙府的石門，訇的一聲從中間開啓。洞中蔚藍的天空廣闊無邊無際，看不到盡頭，日月照耀著金銀做的宮闕閃閃發光。李白這樣的描寫，已經到了出神入化，無人可及之境，仙人的彩衣模樣，似眞似幻，用彩虹做衣裳，將風作爲馬來乘，雲中的神仙們紛紛下來。老虎彈奏著琴瑟，鸞鳥駕著車。仙人們成群結隊密密如麻。忽然（我）魂魄驚動，猛然驚醒，不禁長聲歎息。醒來時只有身邊的枕席，剛才夢中所見的煙霧雲霞全都消失了。

人世間的歡樂也是像夢中的幻境這樣，自古以來萬事都像東流的水一樣一去不復返。告別諸位朋友遠去（東魯）啊，什麼時候才能回來？李白最後從夢中驚醒，才知這一切的繁華輝煌是一場空，而人生無常，仙界又虛無不可靠，政治場上又不如意。所以李白希望能及時行樂，活在當下，一有機會就訪名山勝境，詩中最後寫道：「且放白鹿青崖間。須行即騎訪名山」放白鹿於青翠山崖之間，有機會便騎馬造訪名山勝境，享受山水之美，不願在政治官場上摧眉折腰、事奉權貴，換來不開心的容顏，這樣的人生將是無意義的。

大自然對詩人而言，不僅是排解憂思的方式，更是詩人創作的來源，著名的〈春夜宴從弟桃花園序〉，其序言如下：

夫天地者，萬物之逆旅也；光陰者，百代之過客也。而浮生若夢，爲歡幾何？古人秉燭夜遊，良有以也。況陽春召我以煙景，大塊假我以文章。會桃花之芳園，序天倫之樂事。群季俊秀，皆爲惠連；吾人詠歌，獨慚康樂。幽賞未已，高談轉清。開瓊筵以坐花，飛羽觴而醉月。不有佳詠，何伸雅懷？如詩不成，罰依金谷酒數。（註七）

文章開篇，即率先表達人生如寄的感慨，隨即以反詰的語氣，帶出對古人秉燭夜遊，及時行樂的生命體悟，其下順勢描摹春天夜宴的良辰美景與賞心樂事，充分表現出作者對生命的依戀與對自然美景的熱愛。全文以駢麗行文，辭采華茂，音韻鏗鏘，雖未脫六朝唯美之遺風，但格調清新明朗，文字優美流麗，別有一種俊逸瀟灑之美；而前後連用三個六朝典故，轉折之間，讓春天夜宴的氣氛增添無限高雅深致的風情；此外，字裡行間所自然洋溢出的作者爽朗奔放曠達的性格，尤其歌頌春天大自然的美好，詩中的「陽春召我以煙景，大塊假我以文章」，以「陽春煙景、大塊文章」將大自然的景物融入生命當中，令人產生熱愛人生的情懷，獨具一種昂揚勃發的熱情與活力，特別值得玩味，是李白及時行樂，也從大自然中吸取養分，鮮活而生動的生命情懷的具體表現。

山水自然景觀，做爲詩人所描寫的對象，再如〈關山月〉一詩：

明月出天山，蒼茫雲海間。長風幾萬里，吹度玉門關。
漢下白登道，胡窺青海灣。由來征戰地，不見有人還。
戍客望邊色，思歸多苦顏。高樓當此夜，歎息未應閒。（註八）

李白此詩所描寫的是邊塞的山水風光，詩中寫到「明月出天山，蒼茫雲海間。長風幾萬里，吹度玉門關。」是歷來傳誦的名句，天山上皎潔的明月，蒼茫遼闊的雲海於山間呈現壯闊的氣勢。萬里的長風，吹度了玉門關，呈現荒涼蕭瑟的景象，邊塞的風光情景如在眼前。

此外，再如著名的〈早發白帝城〉一詩：

朝辭白帝彩雲間，千里江陵一日還。兩岸猿聲啼不盡，輕舟已過萬重山。（註九）

早晨辭別了白帝城，滔滔的長江水急流快速，一日之間船行千里，啼不盡的猿鳴聲在耳際響起，輕巧的船隻已經度過了萬重山。這是李白的名詩，描寫長江三峽由白帝城出發至江陵，寫白帝城彩雲的變化，長江水流的急速、猿啼、輕舟過萬重山的景象，一幅壯闊秀麗的三峽景觀圖畫，鮮明生動在眼前。再如另一首知名的〈黃鶴樓送孟浩然之廣陵〉一詩：

故人西辭黃鶴樓，煙花三月下揚州。孤帆遠影碧山盡，唯見長江天際流。（註十）

此詩寫在黃鶴樓送孟浩然到廣陵，時值春天煙花瀰漫的三月，充滿繁花盛開的景象，漸行漸遠的天際線、孤帆遠影碧山盡當中依依不捨的情誼，和只見滔滔不絕的長江水向天際流去的無奈和傷感。寓景於情，情景交融，從古至今，感動過多少送別的人。再如〈送友人〉一詩：

青山橫北郭，白水遶東城。此地一為別，孤蓬萬里征。浮雲遊子意，落日故人情。揮手自茲去，蕭蕭班馬鳴。（註十一）

以「青山橫北郭，白水遶東城」自然景觀為送別之場景，再以「浮雲遊子意，落日故人情」遊宦在外的漂泊不定，來襯托與故人的情誼深厚，自然之景與送別之情相互交融，溢於言表。再如〈落日憶山中〉一詩：

雨後煙景綠，晴天散餘霞。東風隨春歸，發我枝上花。花落時欲暮，見此令人嗟。願遊名山去，學道飛丹砂。（註十二）

此詩寫山中的景色變化，令人回憶，「雨後煙景綠，晴天散餘霞。」描寫雨後的煙景映襯著翠綠的山林，晴天時滿天飄散著餘霞光輝，這樣的景色眞是迷人。「東風隨春歸，發我枝上花」春天時節東風吹拂下，枝頭上開滿美麗的花，最後還興起了「願遊名山去，學道飛丹砂。」的念頭，希望就此遊名山勝境，學道像仙人一樣，永遠與自然合一。再如〈山中問答〉一詩：

問余何意栖碧山，笑而不答心自閒。桃花流水窅然去，別有天地非人間。（註十三）

詩人棲息在碧山，友人問：「爲何想要停留在山林裡？」詩人內心閒適悠然自在笑而不回答，因爲他所居住棲息的地方，有美豔桃花和清澈流水，景色優美動人，並非人間庸俗之地，別有一片如同仙境般的美妙天地。可見詩人沉醉於動人的自然景色之中，難怪會「笑而不答心自閒」，如同陶淵明高妙的境界「此中有眞意，欲辨已忘言。」（註十四）再如〈聽蜀僧濬彈琴〉一詩：

蜀僧抱綠綺，西下峨眉峰。爲我一揮手，如聽萬壑松。客心洗流水，餘響入霜鐘。不覺碧山暮，秋雲暗幾重。（註十五）

此詩雖名爲聽蜀僧濬彈琴，卻有許多部份是對大自然的描寫，蜀僧濬在峨眉峰下爲我一揮手彈琴，琴聲是如此的美妙悠揚，如聽萬壑中的松濤聲，在我耳際響起，令人再三回味，不知不覺碧山已經在一片暮靄重重之中，幽暗的秋雲也層層塗滿了天際。琴聲與自然融合，詩人已經到了渾然忘我的境界。

然而，並不是所有的山水景色都是迷人的，在李白詩歌中其著名的〈蜀道難〉一詩，卻是蜀地險惡環境自然景觀的另一種描寫，除了蜀道難，難於上青天之外，還有「殺人如麻」的猛獸，其詩云：

噫吁戲！危乎高哉！蜀道之難，難於上青天。蠶叢及魚鳧，開國何茫然。爾來四萬八千歲，不與秦塞通人煙。西當太白有鳥道，可以橫絕峨眉巔。地崩山催壯士死，然後天梯石棧相鉤連。上有六龍回日之高標，下有衝波逆折之回川。黃鶴之飛尚不得過，猿猱欲度愁攀援。青泥何盤盤，百步九折縈巖巒。捫參歷井仰脅息，以手撫膺坐長歎。問君西遊何時還，畏途巉巖不可攀。但見悲鳥號古木，雄飛雌從繞林間。又聞子規啼夜月，愁空山。蜀道之難，難於上青天，使人聽此凋朱顏。連峰去天不盈尺，枯松倒挂倚絕壁，飛湍瀑流爭喧豗，砯崖轉石萬壑雷。其險也如此，嗟爾遠道之人胡爲乎來哉。劍閣崢嶸而崔嵬，一夫當關，萬夫莫開，所守或匪人。化爲狼與豺，朝避猛虎，夕避長蛇。磨牙

吮血，殺人如麻，錦城雖云樂。不如早還家，蜀道之難，難於上青天，側身西望長咨嗟。（註十六）

李白〈蜀道難〉一詩，據唐人孟棨的《本事詩》高逸第三載：「李太白初自蜀至京師，舍於逆旅。賀監知章聞其名，首訪之，既奇其姿，復請所爲文，出〈蜀道難〉以示之，讀未竟，稱嘆者數四，號爲『謫仙』，解金龜換酒，與傾盡醉。」（註十七）這首詩以雄奇奔放的筆調，融入傳說、民諺，加上詩人的想像，誇寫蜀道之艱難險峻的惡劣環境，呈現一種撲朔迷離的山水意境，是李白浪漫主義詩風的代表作。

詩人從蠶叢開國說到五丁開山，由六龍回日寫到子規夜啼，天馬行空般地馳騁想像，創造出博大浩渺的藝術境界，充滿了浪漫主義色彩。言山之高峻，則曰「上有六龍回日之高標」；狀道之險阻，則曰「地崩山摧壯士死，然後天梯石棧相鉤連」透過奇麗峭拔的山川景物，仿佛可以看到詩人那「落筆搖五嶽、笑傲凌滄洲」的高大形象。袁行霈在《中國詩歌藝術研究》一書中說：「其氣勢之豪放，口吻之急迫，好像一通戰鼓，一陣雷鳴，如大江之來潮，如高山之雪崩，眞足以『驚風雨』而『泣鬼神』了。」（註十八）

詩人寄情山水，放浪形骸。他對自然景物不是冷漠的觀賞，而是熱情地參與和讚歎，藉以抒發自己的理想感受和寄託情懷。那地崩山摧、橫絕巉巖、飛流驚湍、奇峰險壑、崢嶸山嶺、枯松絕壁的絕佳景色，賦予了詩人的情感氣質，因而呈現出飛動的靈魂和瑰偉的姿態。詩人善於把想像、誇張和神話傳說融爲一體，進行自然寫景與抒情。

李白以變化莫測的筆法，淋漓盡致地刻畫了蜀道之難，描繪出了古老蜀道的高峻、崎嶇、逶迤、崢嶸、變化多端的面貌，展現一幅色彩絢麗、瑰奇、豐富多樣的山水畫卷。

除了上述的詩歌之外，李白對於自然的描寫還有許多精彩的詩篇，如：「廬山東南五老峰，青天削出金芙蓉。九江秀色可攬結，吾將此地巢雲松。」（註十九）（〈望廬山五老峰〉），「奇峰出奇雲，秀木含秀氣。」（註二十）（〈江上望皖公山〉），「清泉映疏松，不知幾千古。」（註二一）（〈望月有懷〉）「山隨平野盡，江入大荒流。月下飛天鏡，雲生結海樓」（註二二）（〈渡荊門送別〉）……等對山水自然景觀的描寫，也都有其清麗俊秀的詩句風格。

三　田園風光的呈現

除了壯闊的大自然山水景色之外，李白的詩歌中也有關於田園風光描寫的詩篇，田園詩歌需具有泥土的氣息和農作物相關的描寫，李白的田園詩作並不多，如〈贈閭丘處士〉一詩：

賢人有素業，乃在沙塘陂。竹影掃秋月，荷衣落古池。閒讀山海經，散帙臥遙帷。且耽

田家樂，遂曠林中期。野酌勸芳酒，園蔬烹露葵。如能樹桃李，爲我結茅茨。（註一三）

此詩雖爲贈人之作，也出現了農家的生活狀況，詩中寫道：「且耽田家樂，遂曠林中期。野酌勸芳酒，園蔬烹露葵。如能樹桃李，爲我結茅茨。」沉浸在田家的生活裡，野酌芳酒、園蔬烹葵，房屋周圍是桃李樹圍繞，十足田園生活寫照。再如〈答從弟幼成過西園見贈〉一詩中寫道：

一身自瀟灑，萬物何囂諠。拙薄謝明時，棲閒歸故園。二季過舊壑，四鄰馳華軒。衣劍照松宇，賓徒光石門。山童薦珍果，野老開芳樽。上陳樵漁事，下敘農圃言。昨來荷花滿，今見蘭苕繁。一笑復一歌，不知夕景昏。醉罷同所樂，此情難具論。（註一四）

詩中寫道山童介紹山中所採的珍果，野老熱情開著酒邀約一同飲酒。聚集在一起不是談論樵漁的事，就是敘述農作物及園圃的事。昨天看著荷花艷紅滿滿的開，今日見到蘭苕繁密興盛的樣子。一同開懷笑又一同歌唱，不知不覺太陽已下山呈現黃昏景象。這樣田家的生活讓詩人感到十分羨慕，所以最後說道：「醉罷同所樂，此情難具論。」

有些詩歌不全然是田園詩，其中只是一部份出現了田園的風光與氣息，但也令人感受到其中的氛圍，如〈采蓮曲〉一詩：

若耶谿傍採蓮女，笑隔荷花共人語。日照新妝水底明，風飄香袂空中舉。岸上誰家遊冶郎，三三五五映垂楊。紫騮嘶入落花去，見此踟躕空斷腸。（註二五）

李白此詩是對江南水鄉田園風光的描寫，詩中呈現江南水鄉的工作場景，五、六月荷花結蓮蓬的同時，就是採蓮女要辛勤工作的時候，江南一大片翠綠的荷田景象，彷彿出現在眼前。詩中寫道「若耶谿傍採蓮女，笑隔荷花共人語。」這些採蓮女一邊工作，一邊隔著荷花笑語盈盈，談天說地話家常，但是最重要的話題還是誰家遊冶郎，三三五五映著垂楊。紫騮馬嘶鳴落花飄去，看到這樣的景象眞讓採蓮女們踟躕許久空斷腸。

再如〈淥水曲〉一詩：「淥水明秋日，南湖採白蘋。荷花嬌欲語，愁殺蕩舟人。」（註二六）此詩雖然帶有閨怨詩的意涵，另一個角度也呈現了田園風光，所描寫的正是江南採荷的畫面，詩中寫道南湖採白蘋還有荷花，花朵鮮艷嬌美，好像欲語含羞，讓盪著舟兒採荷的少女們，眞是憂愁到了極點。此詩有言外之意，嬌羞的女子，滿心等待郎君的憂愁。李白的描寫清新脫俗，以荷花的嬌羞對應採荷的女子。還有〈越女詞〉其三：「耶谿採蓮女，見客棹歌回。笑入荷花去，佯羞不出來。」（註二七）詩中少女的形象秀麗可愛，語言通俗自然，好像出自民間的一首風格清新活潑的民歌。

還有一些精彩的詩篇，如〈子夜吳歌〉春歌一詩：「秦地羅敷女，採桑綠水邊。素手青條上，紅妝白日鮮。蠶飢妾欲去，五馬莫留連。」（註二八）再如〈子夜吳歌〉夏歌一詩：「鏡湖三百里，菡萏發荷花。五月西施採，人看隘若耶。回舟不待月，歸去越王家。」（註二九）同樣也是一幅江南水鄉的畫面，詩中寫道「鏡湖三百里，菡萏發荷花。」這鏡湖周圍三百里所見到的景象，都是鮮美動人的荷花。再借用西施採荷的故事，映襯寫採荷的少女。再如〈秋浦歌〉第十三首：「淥水淨素月，月明白鷺飛。郎聽採菱女，一道夜歌歸。」（註三十）寫田園間綠油油的水田波光淨影，還有白鷺鳥飛翔的畫面，採菱女的勞動與郎相和歌的情況，宛如田園畫作，自然天成。

李白對於田園風光的描寫，不全然是在景物的描寫上，還有江南女子的羞怯和憂愁，帶有閨怨的意涵及小兒女的心思，躍然於紙上，江南水鄉的風光與少女情懷，在詩人筆下描寫得靈活靈現，生動活潑。

四　詩人的生命與自然

詩仙李白以瀟灑、浪漫的天才之姿，為盛唐的詩壇塗上了最鮮豔奪目的色彩；又像是一顆璀璨的明珠，綻放動人耀眼的光芒。詩人除了吟詩、喝酒、展現了揮灑豪邁胸襟之外，還有一項特立獨行的舉動，大概是繼承了魏、晉名士風流、放浪形骸、灑脫自在、不拘禮節的行爲作風，在適當的時機之下，毫不做作將自己的生命融入自然之中。在李白所寫的〈夏日山中〉一詩：

懶搖白羽扇(註三一)，裸袒青林中。脫巾挂石壁，露頂洒松風。(註三二)

詩中寫到「裸袒青林中」脫去了束縛身上的衣服，與山林大自然合而爲一，多麼地暢快、灑脫，接著連頭巾也脫下了，將頭巾掛在石壁上，讓頭頂接受松風的吹拂，這是多麼地瀟灑、自由、自在。李白這樣怪異的行徑，眞令人感到驚奇，但是想想，人本來就是大自然的產物，若山林中無人，大可放膽去作自由自在的事。人赤裸裸的來到人世間，衣服蔽體，除了禮儀、外觀美貌之外，最大的功能便是禦寒，維持生命，然而，在酷熱的夏季裡，衣服也成了束縛。所以能像李白一樣走入山林中，瀟灑地脫去上衣、頭巾，享受大自然的森林浴，呼吸新鮮的空氣，吸收天然的芬多精及有益身心健康的負離子，多麼清新暢快，舒暢無比，讓全身的毛細孔與山林的所有氣息相遇、相和，的確也是一種絕妙清涼的享受。李白這種豪放的行爲，除了說明他不拘禮節、追求自由、灑脫的行事作風，更呈現了他具有及時行樂、懂得放鬆、調適自我的閒適逸情，這眞是與眾不同的李白。(註三三)再如〈獨坐敬亭山〉一詩：

眾鳥高飛盡，孤雲獨去閒。相看兩不厭，只有敬亭山。（註二四）

寫鳥的飛盡與孤雲的閒適，坐在大自然裡面對著敬亭山，竟是越看越有趣，越看越有味道；人與山、山與人，融合成為一種天然，或是兩相忘的境界。李白此詩藉擬人手法，人與自然合一，不僅不厭倦，山與李白應該都是滿心歡喜。後來辛棄疾的：「我見青山多嫵媚，料青山見我亦如是」（註二五）有異曲同工之妙。再如〈自遣〉一詩：

對酒不覺暝，落花盈我衣。醉起步溪月，鳥還人亦稀。（註二六）

此詩很閒靜地喝酒不知不覺中睡著了，落花盈滿詩人的衣服。醉起後沿著溪邊散步，有著皎潔的月光相伴，此時倦鳥歸返人跡稀少。詩人與落花、溪、月，融合在一起，悠遠閒靜、自然自在。再如〈望月有懷〉一詩：

清泉映疏松，不知幾千古。寒月搖清波，流光入窗戶。
對此空長吟，思君意何深。無因見安道，興盡愁人心。（註二七）

此詩因月而感懷，「清泉映疏松，不知幾千古」句，寫出大自然中的清泉與疏松的交映，不知經歷幾千古，清波中搖曳的寒冷月光，流灑般的進入我的窗戶。這樣的情景引起詩人無限的感懷，在大自然裡詩人的生命情懷，很容易就融入其中，也在自然中找到個人生命的寄託。

五　詩人的自然人文思想與精神

當人與大自然的相遇和交融之後，很自然的便會產生自然人文的思想與關懷，從大自然中體悟到什麼？或者人要如何向大自然學習？人與自然應該如何和諧相處……等觀念或想法。魏晉時期陶淵明、謝靈運開啓了山水田園的詩風，唐詩人王維、孟浩然繼之，將人融入自然山水田園之中。大詩人李白從大自然中得到的人文思想與精神，可從以下幾的面向來看。

（一）清水出芙蓉，天然去雕飾

大自然看似無聲無息，卻也是有聲有息，孕育萬物的生長變化。如孔子所云：「天何言哉？四時生焉，百物育焉。」在李白的〈經亂離後天恩流夜郎憶舊游書懷贈江夏韋太守良宰〉一詩中寫到：

清水出芙蓉，天然去雕飾。（註二八）

這聯詩句最初是詩人形容其友人的詩句的純樸風韻，「清水出芙蓉，天然去雕飾」也常常被用來比喻淡妝美人的姿態，如出水芙蓉般清純潔淨，無任何裝飾，散發著天然之美。不過筆者更傾向把它當作是對一種人生態度的歌詠：「唯其不加雕飾，更顯自然美麗；唯其簡單，更顯純潔自然。」在大自然中，李白以「清水出芙蓉」為例，天然純一不加任何雕飾，因此從中體悟出天然純一的想法，自然存眞，才是遇見生命本來的樣貌。

再如李白〈古風〉之三十五首〈醜女〉一詩中：

> 醜女來效顰，還家驚四鄰。壽陵（註三九）失本步，笑殺邯鄲人。一曲斐然子，雕蟲喪天眞。（註四十）

以「東施效顰」和「邯鄲學步」的故事，來說明不當的學習效法，失去本眞，也忘了原始天然的面貌，所以詩人強調「一曲斐然子，雕蟲喪天眞。」經過太多的雕琢修飾，便喪失了自然天眞，變得什麼都不是了。

詩人愛自然，也瞭解自然，自然的一切變化多端，充滿了複雜與多樣性，唯有單純才是最純淨之美，所以強調「清水出芙蓉，天然去雕飾」、「一曲斐然子，雕蟲喪天眞。」這樣的想法，唯有天然才能天眞，天然與天眞，才是眞正大自然的原始風貌。

（二）道家生活，融入自然之中

李白自然人文思想的另一特色，是將道家的生活融入自然之中。李白不是空想者，透過實踐來達成夢想，所以他喜歡到處遊歷山水勝景，拜訪道士求道，也希望能修練成仙，甚至有幾年的時間裡他還過著道家的生活，將自己的生命融入自然之中，這也是他自然人文思想的另一特色，據他自己寫的〈上安州裴長史書〉一文中所載：

昔與逸人東嚴子隱於岷山之陽，白巢居數年，不跡城市，養奇禽千計，呼皆就掌取食，了無驚猜。廣漢太守聞而異之，詣廬親睹。因舉兩人以有道，並不起。此則白養高忘機不屈之跡也。（註四一）

這是道家隱逸生活的眞實寫照，李白還巢居在樹上數年，相當特別，非常崇尚自然的方式，足跡完全不到城市，養了奇禽數以千計，呼喊時都能前來就掌取食物，人與動物之間無任何驚疑猜忌。這樣的生活自由自在、無拘無束，完全與動物自然合而爲一。這是李白自己生活裡「養高忘機」的一種生命追尋，追求絕對自由的心靈世界，與大自然融合爲一的境界。此外，詩人在〈代壽山答孟少府移文書〉中寫道：

近者逸人李白自峨眉而來，爾其天爲容，道爲貌，不屈己，不干人，巢由以來，一人而已。乃虯盤龜息，遁乎此山。僕嘗弄之以綠綺，臥之以碧雲，嗽之以瓊液，餌之以金砂。既而童顏益春，眞氣愈茂。將欲倚劍天外，挂弓扶桑，浮四海，横八荒，出宇宙之寥廓，登雲天之渺茫。（註四一）

李白在峨眉山過著「虯盤龜息，遁乎此山。僕嘗弄之以綠綺，臥之以碧雲，嗽之以瓊液，餌之以金砂。既而童顏益春，眞氣愈茂」，呼吸吐納融和山林氣息，臥於白雲之下，酌飲山泉清流，這樣的生活，與山水自然融合在一起，修練時「童顏益春，眞氣愈茂」，簡直像是仙人的生活方式。再如〈冬夜於隨州紫陽先生餐霞樓送蘗子元演隱仙城山序〉中寫到：

吾與霞子元丹、蘗子元演，氣激道合，結神仙交。殊身同心，誓老雲海，不可奪也。……吾不凝滯於物，與時推移，出則以平交王侯，遁則以俯視巢許。朱紱狎我，綠蘿未歸。恨不得同棲蘗林，對坐松月，有所款然，銘契潭石。乘春當來，且抱琴臥花，高枕相待。（註四二）

李白與他的道士朋友霞子元丹、蘗子元演，志同道合，結成神仙般的交友，甚至到了「殊身同心，誓老雲海，不可奪也」這樣的境界，甚至「恨不得同棲孽林，對坐松月，有所款然，銘契潭石。乘春當來，且抱琴臥花，高枕相待。」同棲煙林、松月下對坐、抱琴臥花，可見此時的李白已置身於山水自然仙道的境域中，追求絕對的自由與解脫，山水自然呈現的仙道境界，成了李白生命的安頓、靈魂的出口。

六　結論

詩人以天才之資，揮灑生命的彩筆，爲我們寫下了眾多精彩的詩篇，由以上的論述，筆者得出以下的結論：

（一）詩人不純然的只是描寫山水大自然和田園風光的景色，而是將詩歌的寫作融入詩人的生命歷程之中，與自身發生重要的關係內涵，其中有詩人的觀賞、體悟、避世、送友、寄託、安撫的內涵在其中。

（二）詩人描寫山水大自然的詩歌，與個人的喜愛有密切關係，詩人「五岳尋仙不辭遠，一生好入名山遊。」遊名山與尋仙，是詩人重要的喜愛與生命中的追求，因此可以樂此不疲，沈浸在山水大自然的美景之中。

（三）在田園風光的描寫上，大多是農家田園及水鄉澤國的江南風光，加上勞動女子的風情面貌，除了寫景之外，還帶有江南女子的淡淡憂傷。詩人語言通俗自然，好像出自民間風格清新活潑的民歌。

（四）在自然人文精神與思想上有兩個特色：1強調崇尚天然單純之美，反對過多的雕琢及修飾。2是將道家的生活方式融入於自然之中。道家思想與自然息息相關，李白是實踐者，也是追尋者，以道家生活融入自然中，讓詩人與自然合一。

（五）詩人關於山水田園風光景色的描寫上，注重親臨，用熱情與實際行動去感受大自然的美好，加上他對民歌、傳奇、傳說故事的熱愛，還有詩人特有的想像力、氣度、才華，天馬行空的神來之筆，讓詩人筆下山水田園風光景色，神靈活現、生動奇俊、展現在我們眼前。

注釋

註　一　老子《道德經》第二十五章：「有物混成，先天地生。寂兮寥兮，獨立而不改，周行而不殆，可以為天下母。吾不知其名，字之曰道，強為之名，曰大。大曰逝，逝曰遠，遠曰反。故道大，天大，地大，王亦大。域中有四大，而王居其一焉。人法地，地法天，天法道，道法自然。」

註　二　〔唐〕李白著，瞿蛻園等校注：《李白集校注》（臺北市：里仁書局，一九八一年三月），頁八六三。

註　三　廬山中之山峰名，名之曰「香爐峰」，李白此詩一開頭便說：「西登香爐峰，南見瀑布水。」

一。

註　四　〔唐〕李白著，瞿蛻園等校注：〈望廬山瀑布二首〉，《李白集校注》，頁一二三八－一二四一。

註　五　〔唐〕李白著，瞿蛻園等校注：《李白集校注》，頁一五六六。

註　六　〔唐〕李白著，瞿蛻園等校注：《李白集校注》，頁八九九。此詩一作〈別東魯諸公〉。

註　七　〔唐〕李白著，瞿蛻園等校注：《李白集校注》，頁一五九〇。

註　八　〔唐〕李白著，瞿蛻園等校注：《李白集校注》，頁二七九。

註　九　〔唐〕李白著，瞿蛻園等校注：《李白集校注》，頁一二八〇。

註　十　〔唐〕李白著，瞿蛻園等校注：《李白集校注》，頁九二五。

註十一　〔唐〕李白著，瞿蛻園等校注：《李白集校注》，頁一〇五〇。

註十二　〔唐〕李白著，瞿蛻園等校注：《李白集校注》，頁一二六七。

註十三　〔唐〕李白著，瞿蛻園等校注：《李白集校注》，頁一〇九五。

註十四　〔晉〕陶淵明著，逯欽立校注：〈飲酒詩二十首之五〉，《陶淵明集》（臺北市：里仁書局，一九八四年四月），頁八九。

註十五　〔唐〕李白著，瞿蛻園等校注：《李白集校注》，頁一四一六。

註十六　〔唐〕李白著，瞿蛻園等校注：《李白集校注》，頁一九九。

註十七　〔唐〕孟棨撰，李學穎點校：《本事詩》，收入《唐五代筆記小說大觀・下》（上海市：上海古籍出版社，二〇〇〇年三月），頁一二四六。

註十八　袁行霈：《中國詩歌藝術研究》（北京市：北京大學出版社，二〇〇一年六月），頁二二五。
註十九　〔唐〕李白著，瞿蛻園等校注：《李白集校注》，頁一二四二。
註二十　〔唐〕李白著，瞿蛻園等校注：《李白集校注》，頁一二四三。
註二一　〔唐〕李白著，瞿蛻園等校注：《李白集校注》，頁一三六二。
註二二　〔唐〕李白著，瞿蛻園等校注：《李白集校注》，頁九四一。
註二三　〔唐〕李白著，瞿蛻園等校注：《李白集校注》，頁八〇一。
註二四　〔唐〕李白著，瞿蛻園等校注：《李白集校注》，頁一一一六。
註二五　〔唐〕李白著，瞿蛻園等校注：《李白集校注》，頁三一四。
註二六　〔唐〕李白著，瞿蛻園等校注：《李白集校注》，頁四四四。
註二七　〔唐〕李白著，瞿蛻園等校注：《李白集校注》，頁一四九八。
註二八　〔唐〕李白著，瞿蛻園等校注：《李白集校注》，頁四五〇。
註二九　〔唐〕李白著，瞿蛻園等校注：《李白集校注》，頁四五一。
註三十　〔唐〕李白著，瞿蛻園等校注：《李白集校注》，頁五四〇。「採菱」爾雅翼：「吳、楚之風俗，當菱熟時，士女相與采之，故有採菱之歌相和，為繁華流蕩之音。」
註三一　諸葛亮的形象是「羽扇綸巾」，《太平御覽》卷七〇二〈語林〉曰：「諸葛武侯乘素輿，葛巾白羽扇。」所以李白在此是用諸葛亮手拿白羽扇的形象。
註三二　〔唐〕李白著，瞿蛻園等校注：《李白集校注》，頁一三四七。
註三三　詳可參見拙著：〈李白豪放的天體行為〉，《唐詩趣談》（臺北市：臺灣書屋出版公司，二〇一二年二月），頁二一三。

註三四 （唐）李白著，瞿蛻園等校注：《李白集校注》，頁一三五四。

註三五 （南宋）辛棄疾〈賀新郎〉邑中園亭，僕皆爲賦此詞。一日，獨坐停雲，水聲山色，競來相娛。意溪山欲援例者，遂作數語，庶幾仿佛淵明思親友之意雲。還有像阿里山上「慈雲寺」中的詩聯：「開窗日日見青山，山色青青不改顏。我問青山何日老，青山問我幾時閒？」一樣充滿耐人尋味的逸趣。

註三六 （唐）李白著，瞿蛻園等校注：《李白集校注》，頁一三五四。

註三七 （唐）李白著，瞿蛻園等校注：《李白集校注》，頁一三六二。

註三八 （唐）李白著，瞿蛻園等校注：《李白集校注》，頁一五九一。

註三九 《莊子．秋水》：「子獨不聞夫壽陵餘子之學行於邯鄲與？未得國能，又失其故行矣，直匍匐而歸耳。後世便以「邯鄲學步」形容不當學習效法，還喪失了原來的技能、本能（眞）。黃錦鋐註譯：《莊子讀本》（臺北市：三民書局，一九八九年十月），頁二〇三。

註四十 （唐）李白著，瞿蛻園等校注：《李白集校注》，頁一五五六。

註四一 （唐）李白著，瞿蛻園等校注：〈上安州裴長史書〉，《李白集校注》，頁一五四八－一五四九。

註四二 （唐）李白著，瞿蛻園等校注：〈代壽山答孟少府移文書〉，《李白集校注》，頁一五二五。

註四三 （唐）李白著，瞿蛻園等校注：〈上安州裴長史書〉，《李白集校注》，頁一五九一－一五九二。

喧囂路上的行者

——章士釗《柳文指要．遊黃溪記》析論

陳金木

摘要

筆者年屆耳順之年，回顧求學、教學與研究生涯，柳宗元文章時常相伴隨。後購書得知章士釗，學法政，擅邏輯，歷任政學要職，閒暇卻以柳文相伴一生。七十八高齡時登壇講授柳文，再以近十年的時間撰述百萬餘字的《柳文指要》。是以激發研究熱忱，現先以「柳州集中第一得意之筆」（林紓稱譽語）的〈遊黃溪記〉，持章士釗《柳文指要．遊黃溪記》爲論述文本，分析疏解得一、論文章義理多爲傳承天下共理。二、韓柳文章各有擅長殊勝之處。三、元結柳宗元皆擅長山水遊記。四、校勘文句考據詞義、詞通義順兼作注家。五、寫實景創新非摹效，揭山川千古之秘奧等五項論述要點。歸納本文論述得出一、網路時代數位科技，研究者方便取得論著資料，得以加深加廣研究工作。二、大陸柳學家章士釗、吳文治、尹占華喧囂道上

行者，接續整理研究《柳宗元集》嘉惠後學。三、章士釗《柳文指要・遊黃溪記》分享學思心得、擴展山水遊記史的視野，具有啓發性等三項結論。

關鍵詞

章士釗、《柳文指要》、〈遊黃溪記〉、柳宗元、山水遊記

一 緒論

柳宗元（七七三－八一九），唐代河東郡（今山西省永濟市）人，二十一歲，進士及第，二十六歲博學宏詞科中榜，永貞元年（八〇五）正月，順宗即位，參加王叔文集團，進行政治經濟社會改革，一百四十六天「永貞改革」失敗，柳宗元被貶為邵州刺史。十一月，在赴任途中，柳宗元被加貶為永州司馬。元和十年（八一五）正月，奉詔回長安，三月，改貶柳州任刺史。元和十四年（八一九年），憲宗大赦，敕召柳宗元回京，詔書未達，即病死柳州，享年四十七歲。三十三至四十三歲應該是人生意氣風發的十年，柳宗元卻遭貶謫在永州，成了「愚溪僇人」，這也是他奮力創作，藉由山水療癒身心靈、安頓困騫生命的十年。

筆者就讀國小時，透過國語課本改寫過柳宗元〈江雪〉，課文中引出「千山鳥飛絕，萬徑人蹤滅。孤舟蓑笠翁，獨釣寒江雪。」並用白話來闡釋在冬天人煙稀少的江上，一漁翁身披蓑戴笠，獨坐小舟上垂釣。閱讀時，隱約想像漁翁遺世獨立的形象。並未能體會柳宗元貶謫永州，屈辱又孤寂的堅毅心靈。國中時，讀到柳宗元的〈小石城山記〉，知道是柳宗元被貶到永州擔任司馬閒職時，遊歷永州山水時，撰寫「永州八記」的最後一篇。文中詳細描繪小石城山因為形狀與佈局酷似石城而得名，其間山石樹木疏密仰伏，似有意的設計與佈置。再而感嘆如此美景卻埋沒於荒僻鄉野，遭棄鬱憤之情，猶似自己遭貶淪落天涯之苦。師專時又讀到〈答韋中立論師道書〉、〈始得西山宴遊記〉、〈封建論〉，上課之餘，到牯嶺街舊書攤購得世界書局一九六一年一月出版的《柳河東全集》，開始閱讀柳宗元的詩文作品，但緣由文言理解能力不足，羞澀未求師長解惑，故未能全集通讀。

大學時，修習「散文選及習作」課程時，老師要求同學任選唐宋八大家之一家，指定購買臺灣中華書局聚珍仿宋版本，圈點全集，每週撰寫心得箚記，列入平時成績考察成績。故而再懷抱柳宗元詩文，一年內圈畢全集，並撰寫三十則（篇）心得箚記。（註一）任職嘉義師範學院語文教育系時，勉力承接轉職老師所開設的「韓柳文」時，企思中華書局本與世界書局本皆是依據單一刻本印製，文字未盡完善，故訪臺北華正書局，購得《柳宗元集》與《柳文探微》，做爲教科書與備課之用。在教學相長中，又進而閱讀韓愈詩文。其後應同好之邀，先後撰成〈新舊唐書韓愈傳比較研究〉、〈韓愈走進潮州方志——以《永樂大典》所載潮州方志的記事爲範圍的考察〉、〈重構與新詮：兩《唐書·韓愈傳》的文化意涵〉三篇，於學術研討會宣讀。二〇一三年年底，再應明道大學中國文學系之邀，故而重讀柳宗元詩文，再拾封塵已久華正書局本的《柳文探微》，先試以被林紓譽爲「黃溪一記，爲柳州集中第一得意之筆，雖合荊、官、黃、巨四大家，不能描而肖也。」（註二）的〈遊黃溪記〉（註三）作爲重拾柳宗元研究的起點，先撰成〈眾聲喧囂路上的先行者：章士釗《柳文指要·遊黃溪記》析論〉，以就教於學者專家，並自我期許：願一生爲學術研究的行者。（註四）

二　一生追隨的先行者：章士釗與《柳文指要》

永貞政治改革，決定柳宗元一生貶謫流離荊楚，客死他鄉的悲慘命運。劉禹錫則在柳宗元身後，承擔整理文稿、照顧扶養遺孤與靈柩歸葬長安父母之側的三重任務。兩代世交的韓愈在撰述的〈祭柳子厚文〉、〈柳子厚墓誌銘〉及〈柳州羅池廟碑〉，肯定柳宗元高尚的人格魅力、卓絕的文學與政治才華，卻因急功近利盲從革新派，導致得罪被貶謫蠻荒。（註五）兩《唐書‧柳宗元傳》，一方面對柳宗元參與永貞改革給予嚴厲的批評，但一方面又對其傑出的文學才華與貶謫之後的文學成就，給予正面的肯定。（註六）宋代歐陽修承接中唐韓柳倡導的古文運動，使得柳文與韓文一樣，同具唐宋古文體系的歷史地位。柳詩則在蘇東坡肯定其平淡詩美的詩歌藝術特色與情感意蘊，與陶淵明和韋應物同流，確立了柳詩的歷史地位。（註七）

民國以來，政治紛亂，戰事頻仍，民生凋蔽。一九四九年之後，國共雄峙海峽兩岸。大陸政權奉行馬列思想唯物主義，一九五九年侯外廬主編的《中國思想通史》，認定柳宗元是反對宦官專橫，反對當時官僚大族，而進行變更制度的革新派。一九五九年，陸侃如、馮沅君的《中國文學史簡編》，亦認為柳宗元更能同情人民的苦難，應該重新評價。一九六二年中國科學院文學研究所，一九六三年遊國恩分別主編《中國文學史》，也是肯定柳宗元的詩文具同情人民疾苦與強烈現實主義色彩，從創作實踐發展古文運動。一九六四年，任繼愈主編的《中國

哲學史》亦認同侯外廬所稱柳宗元具「並認為柳宗元與劉禹錫皆具唯物主義、無神論」的思想傾向。（註八）

章士釗（一八八一－一九七三），湖南善化人，幼讀私塾，十三歲時在長沙買到一部《柳宗元文集》，從此攻讀柳文。清末投身革命，並曾流亡日本、留學英國。民國成立後任職報業與從事政治，一九一七年任北京大學文科研究院教授，講授邏輯學。兼圖書館主任。一九二〇年，以兩萬元鉅款資助毛澤東。後成為中國共產黨的朋友。一九四九年大陸政權成立，一九五一年七月，被聘任為中央文史研究館副館長。一九五九年十月，任館長。晚年以大部分時間從事文史研究工作，並曾在中國人民大學漢語教研室講授柳文。既而以其研究心得，集為《柳文指要》一書。一九六一年，毛澤東用稿費以「還錢還利」的名義，每年正月初二送二千元給章士釗以解其困，送滿十年。一九七一年文革初期，曾遭批鬥抄家，章士釗上書函以告，毛澤東要周恩來接至三〇一醫院予以保護。一九七三年，章士釗自請第四次赴港擔任兩岸會談的使者時，客死香港。得年九十二歲。（註九）

章士釗在其九十二年的人生歲月，「少時愛好柳文，而並無師承，止於隨意閱讀，稍長，擔簦受學於外，亦即挈柳集自隨，逮入仕亦如之。此集隨餘流轉，前後亙六七十年。為問餘所得幾許？餘頗艱於自斷。」（註十）章士釗自從十三歲購得《柳宗元文集》開始，即攻讀柳文，用其一生的餘暇，閱讀與研究柳宗元詩文。一九五九年並應中國人民大學的邀請，在漢語考古室「古漢語教師進修班」講授「柳宗元文選」，此次編輯的講義，就是《柳文指要》的底稿。一九六三年三月之前中華書局即收到《柳文指要》約四十萬字的初稿。早在章士釗開始寫作時，毛澤東就主動提出要替他審稿。一九六五年六月，章士釗先後把一百萬字的初稿送去給毛澤東，毛澤東指出「問題是唯物史觀問題，即主要是階級鬥爭問題。但此事不能求之於世界觀已經固定之老先生們，故不必改動。」（註十一），在寫給康生的信件中，指出《柳文指要》「頗有新義引人入勝處。……大抵揚柳抑韓，翻二王、八司馬之冤案，這是不錯的。又辟桐城而頌陽湖，譏帖括而尊古義，（註十二）亦有可取之處。惟作者不懂唯物史觀，於文、史、哲諸方面仍止於以作者觀點解柳，他日可能引起歷史學家用唯物史觀對此書作批判。」（註十三）一九六六年三月八日中華書局徐調孚至章家取回全稿。一九六六年五月三十一日以五號字打出校樣，準備印三十二開本。是時文革風暴起，康生要求章士釗改變觀點，將全書用馬列主義、毛澤東思想重新修改一遍，方得出版。章士釗寫信給毛澤東，以「夫唯物主義無他，只不過求則得之，不求則不得之高貴讀物。」並請求「賜我三年期間，補習必不可不讀的馬列著作以及全部毛選。」之後，「如果天假之年能達九十六闕比時，諒已通將《指要》殘本重新訂正，准即要求版行，公之大眾。」這封信促使一九七一年九月《柳文指要》以仿宋體三號字，印成十六開特型本出版。（註十四）

《柳文指要》（註十五）是《柳文指要》是章士釗先生唯一中國古典文學研究的專著。一生鍥而不捨，累積大量的資料，對柳宗元的全部文章作了全面的研究。《柳文指要》分上下兩部：上部是「體要之部」四十一卷，按照《柳河東集》各卷的原文編次，從評論、考證、校勘等方面，逐篇加以探討；下部是「通要之部」十五卷，是以柳志、永貞一瞥、輯餘、評林、第韓、同時人物、各代文風、論文、佛、柳詩、柳書、雜錄等十二專題十五卷，分類論述有關柳宗元和柳文對政治、文學、儒佛的關係與影響，是一部系統研究柳宗元文集的專門著作，並涉及柳宗元的政治實踐和他在文、史、哲諸方面的思想，從各方面論證了柳宗元在歷史地位與影響。全書還對柳文的思想性和藝術性作了詳盡分析。章士釗引用了大量的材料，對有關的論著，加以介紹和評論，並提出了自己的見解。由於《柳文指要》為研究柳宗元提供了重要線索，故毛澤東稱它為「解柳全書」。（註十六）

三　《柳文指要．遊黃溪記》疏解

從《柳文指要》的記載，得知章士釗所閱讀的《柳河東集》為湖南永州刻本、（註十七）章士釗一生深愛柳文虛字精確，行文雅潔的特色。（註十八）亦依柳文文體為文，自能深刻地體會柳文的語言特色和修辭藝術。即以《柳文指要．上．體要之部．卷二十九．記．遊黃溪記》（註十九）而論，章士釗〈遊黃溪記〉的論述要點有以下五項：

（一）論文章義理多為傳承天下共理

引證：從蕭穆（一八三五—一九〇四）（註二十）《敬孚類稿》引述戴敦元（一七六七—一八三四）（註二一）的言論：「天下總此義理，古今人說來說去，不過是此等話頭，當世以爲獨得之奇者，大率俱前世人之唾餘耳。」（註二二）（八三六）

申論：人同此心，心同此理，義理也者，剛柔正反。後人發議論，不必前人未曾發。古今中外的論域，僅有數量之義理，迴環周轉，如川支流。舉柳宗元〈封建論〉，古今中外敘述「初民君民系統之所由來」，都是大同小異。追究其胎息者爲「陋儒之頭巾氣」（八三七）。

反證：先引焦循（註二三）《易餘籥錄》「呂氏春秋明禮篇云：『天下之立也，出於君；君之立也，出於長；長之立也，出於爭。』此柳州封建論所本，而精簡勝於柳。」（八三七）進而推論「如果有人認爲柳宗元確曾讀過《呂氏春秋．明禮》這段文字，但是在撰述〈封建論〉時，一定要置書於案頭，作爲藍本，才能「執柯伐柯，期於不遠其則。」」，章士釗認爲會如此推想之人，是「唯癡頑始能立是說。」」，並因此進而譏諷焦循「一生博涉廣覽，而智下戴金溪（戴敦元的字）竟至如斯。」（八三七）

金木疏解：以中國哲學而論，道家與道教有「萬法歸宗」，（註二四）華嚴宗、禪宗與宋明理學皆有「理一分殊」（註二五）的思想觀念。這與章士釗引述戴敦元與駁斥焦循的看法是一致的。其實，「歸宗」與「理一」皆是指「天下共理」，論述者站何立場、用何方法、論述文字如何安排、闡述義理的邏輯性與涵蓋面等等，會有「殊相」的差別，這就造成了「萬法」與「分殊」了。再以章士釗所舉柳宗元的〈封建論〉而言，研究者稱「唐代安史亂後，河北諸鎮取得主將世襲以及自署郡縣長吏的特權，雖非同姓之王，然形勢已與封建無二，顯然是威脅唐朝統治的最大隱憂。柳宗元論封建出於勢不得已，正爲此也。封建與大一統，亦屬於地方與中央朝廷權力分割的問題。……柳宗元自然不可能提出民主治國的理念，然此議之出，亦足以發人深思了。要之，柳宗元在此文中所提出的論政爲公之說，以及論歷史發展之『勢』的理論，誠爲振聾發聵之論。」（註一二六）

（二）韓柳文章各有擅長殊勝之處

引證：范泰恆（約一七六〇年前後在世）（註一二七）《燕川集》有比較韓柳稱：「蓋八代之衰，韓起之，柳輔之。」韓柳文各有殊勝。以文章體製風格而言：韓文長在大製，文如名山大川；柳文長在小品。文如幽篁曲澗。以擅長文體而言：韓尚書序，柳則獨步山水遊記。以山水遊記而言：柳宗元的山水遊記「骨力遠超宋人」，「但句調似賦，少昌黎參差高下之致。」，宋人的山水遊記，好發議論，並不是「記」的正體，且氣骨遠遜唐人。（八三五－八三六）

評論：章士釗認爲范泰恆能提出「宋人之記只似論」與「〈柳文〉諸記句調似賦」，爲能「稍稍窺見柳州崖略」（註一二八），卻未悟柳宗元自騷賦入手，與韓愈不同，故體貌有異。並附

帶評論范泰恆《燕川集》乃「文無大篇，論迂腐不足採，號稱以古文爲時文，實則於文無開解。」（八三六）

金木疏解：章士釗在《柳文指要．下．通要之部》的〈序〉和〈後序〉列舉「永貞政變始末」十三條意見，在政治上駁斥新舊《唐書》的看法，爲王叔文「永貞政變」平反。再列舉柳宗元的政治抱負十條，單獨爲柳宗元在永貞政變的所作所爲辯護。更列舉柳宗元的十一則學養，稱揚柳宗元的學術成就。（註二九）是以後人以「由於當時特定的政治背景，著者對柳宗元未免過份抬高，有些分析主觀片面，缺少充分依據，特別是一些地方有意抑韓揚柳，失於公正態度。」（註三十）然以〈游黃溪記〉而言，章士釗不論是引證范泰恆《燕川集》的說法，或是自己的評論，都持「韓柳文章各有擅長殊勝之處」的看法，亦爲持平之論。（註三一）盧寧著眼於韓柳的比較分析，亦具體史實與文學現象爲依據，從思想與文學兩方面，以「思想論」、「創作共性論」、「創作個性論」、「韓柳文學評價」等四章，「較量異同、辨析源流」以評價韓愈柳宗元在思想上、文學創作上及後人的文學評價，亦得出韓柳各有擅長的結論。

（三）元結柳宗元皆擅長山水遊記

章士釗論斷唐代文學，韓柳之前，元結、陸敬輿（七五四－八〇五），（註三二）以文知名。元結之文，開韓柳古文運動之先路，人品與文品一致，政績優異，與柳宗元同樣擅長記山

水，「文之風格雖微不同，而人與山水融而爲一，意境羌無二致。」（八三四）

引證一：宋代柳開（九四七－一〇〇〇）（註三三）衡定唐代文章，以元結居首。（八三四）

引證二：明代王鏊（一四五〇－一五二四）（註三四）《震澤長語》以柳宗元永州山水最多，山水之助而文益工。柳宗元記永州山水「豐縟精絕」，元結記道州山水「簡淡高古」。元結文高古，無六朝習氣，人品不可及。（八三四－八三五）

申論一：清道光趙坦（一七六五－一八二八）（註三五）著《保甓齋文錄》六卷，內有〈雲陽洞小港記〉、〈慈雲嶺奇石記〉、〈寶石山桃花記〉、〈楓林記〉、〈月輪山北石澗記〉種種，制題與柳宗元山水遊記相若，有意追配，「惟詞旨所涉，求其所謂子厚豐縟精絕，次山簡淡高古者殊漸薄劣，恨未察見。」（八三五）

金木疏解：王立群研究指出山水遊記應包含：一、對遊歷中的山水景物作具體而眞實的描繪。二、有游縱擲的記述。三、有作者的思想寄託。（註三六）柳宗元的山水遊記，具有一、在描繪山水時，採包融深沈感情來描繪山水。寫出際遇。二、寫山水時流露對山水的熱愛、驚喜和嚮往之情。三、描繪山水時，能抓住山水形象的特徵。四、山水遊記的語言極其精美。五、記遊記兼記當時人民的生活與民間傳說。（註三七）以此專以〈游黃溪記〉而論，亦相符合。元結的文章，有「上接陳拾遺（陳子昂），下開韓退之（韓愈）」的歷史地位。高似孫讚美元結與柳宗元：「次山不生辭章奇古不蹈襲，其視柳柳州又英崛，唐代文人惟二公而已。」（註三八）清末桐城古文家吳汝綸稱「次山放態山水，實開子厚先聲，文字幽渺芳潔，亦能自成境趣。」黃炳輝探討子厚山水遊記簡古、尚奇、理趣的特色淵源於元結。元結的簡古具約潔的特點，柳宗元則在於奧雅。元結爲文的章法已顯縝密的特徵，而柳文縝密更甚。兩人的「簡古與尚奇」形似矛盾，卻相得益彰。元柳兩人均愛以山水之奇名篇，元結寫道州山水，柳宗元寫永州山水，均屬今湖南地區。南國的山水風光、亭閣異木。兩人都著眼於山水石及佳木異卉的描繪。柳文之奇不在怪，而在幽峭；柳文描繪山水，得其神形神，是以子厚較比次山，多富詩情畫意，體現創作的性格。柳宗元能把山水物境，通過耳、目、心、神之交流與融化，改造提煉昇華，清劉熙載說「柳文如奇峰異嶂，層見迭出」。這是元結未能，而爲柳宗元所開展的山水遊記境界。（註三九）章士釗在〈游黃溪記〉能從山水遊記的視野，探尋出柳宗元的山水遊記淵源自元結。兩人皆擅長山水遊記，開創山水遊記文學的高峰，清人趙坦諸記，制題效之，卻若東施效顰，既無子厚的豐縟精絕，亦乏次山的簡淡高古，只落得「殊漸薄劣」而未能自我察覺。

（四）校勘文句考據詞義、詞通義順兼作注家

章士釗對〈游黃溪記〉這篇三百多字的山水遊記，不因山水遊記較少政治意涵而不論。在論述時，仍能一本傳統文獻考據之法，持《柳宗元集》其他版本，以校勘文句、考據詞義，以

期詞通義順，兼作注家。

校勘文句一：章士釗於「祠之土兩山牆立，如丹碧之華葉駢植，與山升降。」處，「如丹碧之華葉駢植」句，該不該有「如」字的校勘問題，引述虞集（一二七二—一三四八）（註四十）「看來丹碧華葉，乃實景自然，著不得『如』字。」後，從文意推想：牆立兩山間，上面可能長出華葉，但此處描寫聚焦在山的態樣，虞集由於平生山水遊歷的經驗太少，所以產生如此誤解。又以黃溪山水景緻佳，但地處偏遠遊客不易到訪，宋代汪藻（一〇七九—一一五四）（註四一）來永州，欲造訪柳宗元遊歷處，亦因黃溪偏僻而未至。此段文字至末端，以「釗案：『如丹碧之華葉駢植』句，別本無『如』字，王荊石（註四二）亦主虞說，削去如字。」同意虞集的說法，以「丹碧之華葉駢植」（八四〇）文句爲是。

考據詞義一：章士釗亦於「有魚數百尾，方來會石下。」引證柳宗元自注（註四三）：「楚越之人數魚以尾，不以頭。」後，檢視〈小邱西小石潭記〉「潭中魚可百許頭」，同樣是魚的數量單位詞，一處依楚越，稱「尾」：一處則不依，稱「頭」。（八四〇）

考據詞義二：章士釗於「始黃神爲人時，居其地，傳者曰：『黃神王姓，莽之世也。』」引證朱翌（一〇九七—一一六七）（註四四）《猗覺寮雜記》考證文句中「黃」「王」的音義，「黃王不分，江南之音也，嶺外尤甚。」（八四一），又引證廖瑩中（？—一二七五）（註四五）《柳河東集》「廖注」（註四六）引《漢書・王莽傳》「王莽自謂黃、虞之後，姚、嬀、東、田、王氏凡五姓者，皆黃、虞苗裔，其令天下尙此五姓，名藉於秩宗，以爲宗室。黃神王姓，蓋取諸此。又引「又注」（註四七）稱：「莽號其女定安公太后爲黃皇室主，絕之於漢。」

金木疏解：章士釗自述《柳文指要》「所再三致意者，爲文中之政治意趣也。」（八三九），但是他亦能妥善運用傳統文獻學的方法，以考據柳宗元文章。如在開頭卷一〈平淮夷雅〉，就闡述柳文的虛字用法和用心：「子厚行文，講求運用虛字，虛字不中律令，即文無是處，此讀《答杜溫大書》，即可見到。」其後就列舉〈平淮夷雅〉所使用的「乃、於、允、止、其、曾是、是、伊、爰、式、聿」等十一個關鍵虛詞，一一加以詮釋，並認爲柳宗元爲文時，對於虛字是：「每篇皆在細針密線之中，加意熨貼，從無隨意塗抹，泥沙俱下之病，必須明瞭此義，方可得到柳文之神。退之稱子厚之文，雄深雅健，所謂雅者，不窺破此竅，即不能瞭解何謂之雅？」（註四八）。章士釗於此篇〈遊黃溪記〉，持《柳宗元集》蔣之翹校勘「如丹碧之華葉駢植」的「如」字爲「衍文」，再依何批王荊石本：「注云：『別本無「如」字。看來丹碧華葉乃實景，著『如』字不得，從別本爲是。其說近是。」（註四九）是從句意爲「寫實景」的「理校」。引柳宗元的「自注」來說明「尾」是荊楚的方言，並舉永州遊記亦有稱「頭」，來說明柳宗元行文有未依永州當地方言者。引證朱翌江南之音，黃王不分；對於深思熟慮的閱讀者而言，在瞭解「黃」、「王」的音義及其歷史典故之後，更可推想爲何柳宗元要在記黃溪的末段，要敘寫黃神的傳說與黃神祠由來的用心所在了。

（五）寫實景創新非摹效，揭山川千古之秘奧

筆者仔細分析《柳文指要．遊黃溪記》，得知章士釗採用三種漸進式的論述方法：一、先列出〈遊黃溪記〉原文，再引述評論者意見，再進行評論。二、摘錄〈遊黃溪記〉多處「寫實景」文句，匯合加以評論者。三、給予「寫實景創新非摹效，揭山川千古之秘奧」的整體評價。

1 先列出〈遊黃溪記〉原文，再引述評論者意見，再進行評論。

●原文一：「北之晉，西適豳，東極吳，南至楚越之交，其間名山水而州者以百數，□永最善。」

引述一：廖瑩中（？－一二七五）《柳河東集》：「《漢書．西南夷傳》（註五十）：南夷君以十數，夜郎最大，此下凡用滇最大，邛都最大，徙作都冉駹最大。公文勢本此。」（註五一）（八三七－八三八）

引述二：林紓（註五二）《韓柳文研究法》：「入手摹史記西南夷傳，中間寫石狀，曲繪無遺，唯具此神筆，方許作遊記。」（八三八）

評論林紓：如照林紓的推論：僅僅「摹效」，就能產生「神筆」文章神奇效果的話。那也就不必苛責廖瑩中了。詰問並譏笑林紓：獨不畏閩浙前輩（林紓福建閩省人、戴敦元浙江開化

人）前輩從旁掩笑耶？」並仿照戴敦元「論文章義理多為傳承天下共理」的意見。（註五三）而為「文章祇此方式，古今人說來說去，不過是此等安排。」亦即文章呈現的方式亦為「此等安排」而已。

引述三：劉大魁（註五四）「山水之佳，必奇峭，必幽冷，子厚得之以為文，琢句鍊字，無不精工，古無此調子，子厚創為之。」（註五五）（八三八）

評論林紓、劉大魁：同一篇〈遊黃溪記〉，林紓以為「摹擬得神」，劉大魁以為「古無而獨創」，仁智之見若南轅北轍。

●原文二：「有魚數百尾，方來會石下。……有鳥赤首烏翼，大如鵠，方東嚮立。」

闡述：稱「此一絲不溢之寫實文字也，曰『數百尾』，當時所見之魚群如是；曰『東嚮立』，當時目中之方向如是。倘於此而有異議焉，惟作記有寫實之例禁即可。」（八三八）章士釗認為〈遊黃溪記〉中，柳宗元對魚群、赤首烏翼鳥的描寫文字，皆「實景描繪」。（註五六）〈遊黃溪記〉中，「如丹碧之華葉駢植」句，亦引虞集：「看來丹碧華葉，乃實景自然，著不得『如』字。」，同樣認為是「實景自然」。並以譏諷口吻說道：如後人有異議，則發佈「遊記禁止寫實」的命令即可。

2 摘錄〈遊黃溪記〉多處「寫實景」文句，匯合加以評論者。

●原文：「祠之上，兩山牆立，如丹碧之華葉駢植，與山升降」

引述：虞集（註五七）「看來丹碧華葉，乃實景自然，著不得『如』字。」

申論：章士釗由柳宗元文句去想像：「蓋牆立之兩山，其上可能有華葉，然此處所寫。在山而不在華葉。」進而推論虞集由於平生山水遊歷的經驗太少，所以產生如此誤解。再指出黃溪山水景致佳，但地處偏遠遊客不易到訪，宋代汪藻來永州欲造訪柳宗元遊歷處，亦因黃溪偏僻而未至。

●原文：「有魚數百尾，方來會石下。」

引述一：有人批評柳宗〈游黃溪記〉，存在「描寫數量」「多參議論」兩項缺點。（八四〇）

引述二：楊愼「東坡不喜韓退之畫記，謂之甲乙帳簿，千古卓識，不隨人觀場者也。」

申論：稱「此一絲不溢之寫實文字也，曰『數百尾』，當時所見之魚群如是。（八三八）（八四〇）」

●原文：「有鳥赤首烏翼，大如鵠，方東嚮立。」

引述一：姚鼐：（註五八）「朱子謂山海經所記異物，有云東西嚮者，以其有圖畫在前故也。此言最當。子厚不悟，作山水記效之，蓋無謂也。後人又有以子厚此等爲工而效法者，益

失之矣。」（八三八）

評論：章士釗諷刺姚鼐持朱子「論山海經因圖經而辨異物方位」之說，與晉惠帝「錢離紙裏而認不到錢，人諡曰痴。」無異，再又譏諷吳汝綸評論時以姚鼐的說法為非，故僅以「後人」帶過，未稱此說為「姚鼐」，「以其說類痴，遂避而不之名云」（八三九）。

引述二：吳汝綸「東嚮立云者，與上文方來會石下，皆當時所見，即景為文，不必效山海經也。不為病。」（八三九）

申論：曰『東嚮立』，當時目中之方向如是。（八三八）

3 給予「寫實景創新非摹效，揭山川千古之秘奧」的整體評價。

王應麟（註五九）認定〈遊黃溪記〉是「仿太史公西南夷傳，最稱奇作。」，何焯（註六十）直稱「柳文之未能自成家者，不得云奇。」，認為王應麟「奇作」是錯誤的。章士釗一則認為王應麟所謂「仿」，只是「用筆取勢相似」而已，稱「仿作」而能成為「奇作」乃冬烘先生頭腦，小看了柳宗元的能耐。何焯「未能自成家者」的看法，更是譏諷「此冬烘更甚於伯厚（王應麟的字）」，豈足以談柳文哉？」章士釗最後引出茅坤（註六一）的說法「五嶺以南，多名山削壁，清泉怪石，子厚與山川適兩相遭，非子厚之困且久，不能以搜巖穴之奇，非巖穴之怪且幽，亦無以發子厚之文。」（八四〇），對於〈遊黃溪記〉做出「世無子厚，山川之秘奧，遂乃千古無聞。」（八四〇）給予〈遊黃溪記〉「寫實景創新非摹效，揭山川千古之秘奧」的整體評價。

金木疏解：章士釗認為〈游黃溪記〉未納入「永州八記」，與韋執誼未納入「八司馬」一樣，皆為「千年來文壇的順口溜，而印合爾巧，莫知其所由而然。」（註六二）「永州八記」前四篇〈始得西山宴遊記〉、〈鈷鉧潭記〉、〈鈷鉧潭西小丘記〉、〈至小丘西小石潭記〉，作於唐憲宗元和四年（八〇九），後四篇〈袁家渴記〉、〈石渠記〉、〈石澗記〉、〈小石城山記〉則是元和七年（八一二）所作。〈游黃溪記〉則創作於元和八年（八一三）五月十六日，旅遊時間在「永州八記」之後，是柳宗元隨永州刺使韋中丞前往黃神祠祈雨，得以遊歷黃溪（註六三），因而作〈游黃溪記〉，與「永州八記」為柳宗元為了排遣愁悶，主動去探幽尋勝的遊歷動機是不一樣的。永州八記的遊歷地點在永州古城郊，黃溪則地處偏遠，距永州古城七十里。（註六四）但這九篇的山水遊記，都是柳宗元謫遷永州十年所作，章士釗整體探析永州九篇遊記，是具有宏觀的視野。章士釗並以〈遊黃溪記〉所記的山水景物，皆是柳宗元「寫實景」、「非摹效」，翟滿桂依照〈遊黃溪記〉「黃溪距州治七十里，由東屯南行六百步，至黃神祠……黃神之上，揭水八十步，至初潭，最奇麗，殆不可狀……南去又行百步，至第二潭。石皆巍然。」實地考察得知：「黃溪，源出於陽明山後龍洞，流經零陵的黃江口、李家橋、郵亭圩、梅溪和祁陽的大忠橋、白水，注入湘江。現仍保留其原貌。黃溪廟，在今永州市零陵區郵亭圩鎮福田鄉的黃江口右側，祠已拆毀。」（註六五）與「永州八記」同樣是「寫實景」，同樣可以「按文索址」。（註六六）清代沈德潛《唐宋八家文讀本》已揭示「游黃溪不過十餘里，卻寫得如千巖萬壑，幽峭深邃平遠，無境不備，手有化工，不同畫筆。」（註六七）章士釗「寫實景創新非摹效」的說法，應有「我思古人，先得我心」之嘆。章士釗稱譽茅坤（一五一二－一六〇一）《唐宋八大家文鈔》之說爲「有理」，再闡發以「世無子厚，山川之秘奧，遂乃千古無聞。」，給予「揭山川千古之秘奧」的評價。其實，比茅坤早出生兩百年的劉基（一三一一－一三七五）已經提出「世謂山水之佳，有以助人之才，發人之奇，是故名山勝地，必有文人秀士，出乎其間。……黃溪、西山，無柳子爲之次史，吾知其泯歿而無聞矣。抑山水之有助於人乎？將人有助於山水也。」（註六八）。

四　結論

一九七九年，筆者就讀臺灣師大國文系，選修「散文選及習作」時，所圈點者爲臺灣中華書局「四部備要」本（註六九）《柳河東集》（註七十）。一九九一年教學「韓愈文」所購得章士釗的《柳文指要》，卻被華正書局改成《柳文探微》，（註七一）作者亦以章士釗的字「行嚴」署名。全書內容凡是涉及「違逆反共思想」者都以「細明體」取代原先的「仿宋體」。全書亦將章士釗的名字改成「行嚴」，這本書見證了「反共抗俄」年代的圖書出版歷史。今年（二〇一四）重拾柳文的閱讀與研究，在圖書部分：除了自己陸續購得的圖書之外，亦透過圖書館藏書借閱、館際合作等借得國內各圖書館的藏書，更能從愛問共用資料網站（http://ishare.iask.sina.com.cn/）下載大量PDF、CAJ、PDG等檔案格式的數位元文本，以補足各圖書館的典藏（尤其是能下載到大陸五〇至八〇年代的絕版書）。在期刊論文與學位論文方面：可從國家圖書館、中國期刊網下載PDF、CAJ、PDG等檔案格式的數位資料，或利用館際合作獲得紙本資料。兩岸的新書，也可由網路書店即時而便利的購得。甚至於也可以從網路上搜尋並下載到大陸CCTV第七臺，所拍攝的「遊黃溪記」上下集長達五十分鐘的記錄影片[註七二]。如此多樣而大量的資料，相較於章士釗當時，全賴自家與圖書館所典藏的紙本書籍，眞不可同日而語。綜上所述可知：**網路時代數位科技，研究者方便取得論著資料，得以加深家廣研究工作。此其一**。

以大陸在八〇年代以前的柳宗元研究而言，吳文治（一九二五－二〇〇九），允爲柳宗元研究的大家。致力於柳宗元文本與研究資料的整理與彙編，在章士釗《柳文指要》一九七一年出版之前，即有《柳宗元評傳》（北京市：中華書局，一九六二年）、《古典文學研究資料彙編 柳宗元卷》（北京市：中華書局，一九六四年）。其後更有《柳宗元簡論》（北京市：中華書局，一九七五年）、《柳宗元選集》（北京市：人民出版社，一九九八年）、《柳宗元集》（北京市：中華書局，一九七九年）、吳文治、謝漢強《柳宗元大辭典》（合肥市：黃山書社，二〇〇四年）、《柳宗元詩文選評》（西安市：三秦出版社，二〇〇四年）、《柳宗元詩文十九種善本異文匯錄》（合肥市：黃山書社，二〇〇四年）。橫跨三十三年，出版九種專著，皆能爲柳宗元的研究者，提供可靠的文本、大量的研究資料與客觀的研究論著。西北大學尹占華與韓文奇，亦繼吳文治《柳宗元集》之後，完成三百萬字十巨冊的《柳宗元集校注》，二〇一三年十月由中華書局，全書彙集、分類整理歸納有關柳宗元的評論資料，繼承歷代註解之後，又補充新注、考證人事，爲作者繫年，補輯佚文。書末並有〈柳宗元研究資料〉、〈柳宗元年表〉、〈篇目索引〉等三個附錄，資料收集全面而豐富，提供閱讀與研究者的最新最全的文本。綜上所述可知：**大陸柳學家章士釗、吳文治、尹占華喧囂道上行者，接續整理研究《柳宗元集》嘉惠後學。此其二**。

程毅中長期任職中華書局，承擔《柳文指要》的出版工作事宜，認爲章士釗是從義理、考據、文章三個方面，對柳文進行全面而深入的探討。（註七三）其一：「文章」：章士釗是古文評論者，酷愛柳文，長期以柳文文體撰寫古文，能深刻體會柳文虛字精確，行文雅潔的語言特色和修辭藝術。書中隨處可見他從訓詁學與修辭學詮釋柳文。其二：「考據」，由於一生閱讀與研究，故能在考據上有創新的發現。（註七四）其三：「義理」：章士釗在《柳文指要·下·體要之部·序》，歸納斷定永貞政變的始末十三條、柳宗元政治抱負十條、柳宗元學養十一條，提綱挈領的論定柳宗元在歷史、政治與文學三方面的評價。總體評價：「章士釗先生以六、七十年的積累，在晚年寫出這樣一部巨著，對柳文的研究很有參考價值，具有相當大的學術價值和文化積累價值。尤其在『文化大革命』中作爲一部體現文化政策、雙百方針的典型出版物，更有其獨特的歷史意義。」（註七五）本文僅就「柳州集中第一得意之筆」（林紓稱譽語）的〈遊黃溪記〉，持章士釗《柳文指要・遊黃溪記》爲論述文本，分析疏解得其五項論述要點：一、論文章義理多爲傳承天下共理。二、韓柳文章各有擅長殊勝之處。三、元結柳宗元皆擅長山水遊記。四、校勘文句考據詞義、詞通義順兼作注家。五、寫實景創新非摹效，揭山川千古之秘奧。綜上所述可知：**章士釗《柳文指要・遊黃溪記》分享學思心得、擴展山水遊記史的視野，具有啓發性。此其三**。

注釋

註一　即以筆者就讀大學時所購得的教科書而言：一、國文教學研究會：《大學國文選》（臺北市：幼獅文化事業公司，一九七五年）收錄有柳宗元〈答韋中立論師道書〉，李曰剛：《大學散文精讀》（臺北市：國立臺灣師範大學國文系，一九七六年）收錄有〈始得西山宴遊記〉〈潭記〉、〈鈷鉧潭記〉、〈捕蛇者說〉三篇柳宗元文章。王熙元等編：《歷代散文選》（臺北市：南嶽出版社，一九七六年）則收錄有〈桐葉封弟辨〉、〈駁復讎議〉、〈封建論〉、〈答韓愈論史官書〉、〈捕蛇者說〉、〈永州八記〉、〈種樹郭槖駝傳〉、〈梓人傳〉、〈箕子碑〉等九篇柳宗元的文章。去其重複，合計三書共收錄柳宗元十篇文章。

註二　林紓：《韓柳文研究法》（臺北市：廣文書局，一九七六年），頁一一七。

註三　柳宗元〈遊黃溪記〉的原文如下：「北之晉，西適幽，東極吳，南至楚越之交，其間名山水而州者以百數，永最善。環永之治百里，北至於浯溪，西至于湘之源，南至於瀧泉，東至於黃溪東屯，其間名山水而村者以百數，黃溪最善。黃溪距州治七十里，由東屯南行六百步，至黃神祠。祠之上兩山牆立。丹碧之華葉駢植，與山升降。其缺者為崖峭巖窟，水之中皆小石平布。黃神之上、揭水八十步，至初潭，最奇麗，殆不可狀。其略若剖大甕，側立千尺，溪水即焉，黛蓄膏渟。來若白虹，沉沉無聲。有魚數百尾，方來會石下。南去又行百步，至第二潭。石皆巍然，臨峻流，若頦頷齗。其下大石雜列，可坐飲食。有鳥赤首烏翼，大如鵠，方東嚮立。自是又南數里，地皆一狀，樹益壯，石益瘦，水鳴皆鏘然。又南一里，至大冥之川，山舒水緩，有土田。始，黃神為人時，居其地。傳者曰：「黃神王姓，莽之世也。莽既死，神更號黃氏，逃來，擇其深峭者潛焉。」始莽嘗曰：『余黃虞之後也。』故號其女曰黃皇室主。黃與王聲相邇，而又有本，其所以傳言者益驗。神既居是。民咸安焉。以為有道，死乃俎豆之，為立祠。後稍徙近乎民。今祠在山陰溪水上。元和八年五月十六日，既歸，為記，以啟後之好游者。」見尹占華、韓文奇校注：《柳宗元集校注》（北京市：中華書局，二〇一三年十月），冊六，頁一八七九－一八八〇。

註四　筆者於pchome新聞臺開設「行者之學思與不知」，發刊詞：「接到正良教師節賀卡，寫道：在明日報開了『三頁狐』的新聞臺，寫下課後心得的隨筆！感佩正良的好學深思與積極精進！也申請了一個，名曰『行者之學思與不知』！在新聞臺簡介寫下：閱讀、思考、寫作是

『知識份子』的權利與義務！關懷自我生命，社會群體，乃至宇宙亙古！因此，期許自己爲一生的行者！藉此新聞臺，分享教學、研究與服務的學、思與不知！我是一位沈默的行者！走在人煙稀少的道路上！二〇〇二年九月三十日」http://mypaper.pchome.com.tw/70106jim/post/1531730

註五　詳見龔玉蘭：《貶謫時期的柳宗元研究》（南京市：鳳凰出版社，二〇一〇年十二月）頁一九六－二〇五。

註六　詳見盧寧：《韓柳文學綜論》（北京市：學苑出版社，二〇〇六年七月），頁二〇五－二一二。

註七　楊再喜：《唐宋柳宗元文學接受史》（蘇州市：蘇州大學古典文學專業博士論文，二〇〇七年），〈摘要〉http://lib.cnki.net/cdmd/10285-2009233169.html

註八　詳見翟滿桂：《一代宗師柳宗元》（長沙市：嶽麓書社，二〇〇二年），頁二三八－二三九。

註九　詳見百度百科「章士釗」條http://baike.baidu.com/view/50584.htm

註十　章士釗：《柳文指要・總序》（北京市：中華書局，一九七一年），頁一。

註十一　毛澤東：《毛澤東書信選集》（北京市：人民出版社，一九八三年），頁六〇二。

註十二　「二王」是指王叔文、王伾。王叔文在唐順宗時任翰林學士，聯合王伾等人進行政治改革。改革失敗後，王叔文被殺，王伾被貶。「八司馬」，指韓泰、韓曄、柳宗元、劉禹錫、陳諫、淩准、程異、韋執誼。他們支持唐順宗進行政治改革，失敗後八人均被貶爲遠僻地方的司馬，故有「八司馬」之稱。「桐城」，指桐城派，清朝散文流派，由康熙時的方苞開創，經劉大櫆、姚鼐等進一步加以發展。他們主張學習《左傳》、《史記》等，先秦兩漢散文和唐宋古文學家韓愈、歐陽修等人作品，講究「義法」，要求語言「雅潔」。「陽湖」，指陽湖派，清朝散文流派。由惲敬、張惠言等開創。惲敬爲江蘇陽湖（今武進）人，他們源於桐城派，但對桐城派古文的清規戒律有所不滿，作文取法儒家經典，而又參以諸子百家之書。

註十三　毛澤東：《毛澤東書信選集》（北京市：人民出版社，一九八三年），頁六〇三。

註十四　詳見吳光祥：〈毛澤東特批出版《柳文指要》〉，《世紀風採》二〇〇九年第一期。中國共產黨新聞網http://cpc.people.com.cn/BIG5/68742/106364/106365/8730661.html

程毅中：〈毛澤東與章士釗《柳文指要》的出版〉http://gmwx.nlc.gov.cn/wjls/201106/P020110608387577936630.pdf

註十五　《柳文指要》章士共撰寫五篇序跋：〈總序〉（一九六四年二月二十七日，時年八十四歲）、〈下・序〉（一九六五年四月二十二日，時年八十五歲）、〈下・續序〉（一九七一年八月十四日，時年九十一歲）、〈跋〉（一九六六年三月八日，時年八十六歲）、〈再跋〉（一九七一年三月十一日，時年九十一歲），由此亦可得知其寫作的心路歷程。

註十六　互動百科「柳文指要」條http://www.baike.com/wiki/%E3%80%8A%E6%9F%B3%E6%96%87%E6%8C%87%E8%A6%81%E3%80%8B

註十七　章士釗因翁同龢詩文日記中多次題詠《柳宗元集》，而聯想到自己從十三歲至耄耋與永州板柳集相隨。回想往事，記載道：「因憶余初知柳文，年始十三，所得爲一湖南永州刻本，紙質極劣，而錯字反較少。辛丑冬（光緒二十七年），余館紫江朱氏，以此本教其長女湘筠，解館未攜走，旋浸忘懷矣。越二十八年戊辰（民國十七年），余與朱氏俱寓天津，一日往訪桂辛，談話未畢，其女捧書交還，毫未損壞，桂辛見眉批滿紙，尚以未及過錄爲憾。余大喜過望，持歸後一直相隨至今，其眉朱墨填委，批抹至不堪辨認。今余作記，此本猶橫臥在側，余誠不知其將來流落何所云。乙巳莫春（時一九六五年）。」見章士釗：《柳文指要》（北京市：中華書局，一九七一年），頁一五七三。詳見卞孝萱：〈《柳文指要》中的章士釗自述〉，《湖南科技學院學報》二〇〇五年第九期（二〇〇五年九月），頁三二－三四。

註十八　章士釗於《柳文指要・總序》自述：「要之余平生行文，並不摹擬柳州形式，獨柳州求文之潔，酷好公穀，又文中所用助字，一一葉於律令，依事著文，期於不溢，一掃昌黎文無的標、泥沙俱下之病。余遵而習之，漸形自然，假令此號爲有得，而餘所得不過如是。」，見章士釗：《柳文指要》，頁一。

註十九　章士釗〈遊黃溪記〉在《柳文指要・上・體要之部・卷二十九・記・遊黃溪記》頁八三四－八四一，引述時，皆於行文後標明頁碼，不另出註釋。

註二十　蕭穆（一八三五－一九〇四），字敬甫，一字敬孚，安徽省桐城縣（今樅陽縣橫埠鎮）人。清末藏書家、桐城派後期作家。一生致力於校勘，遺著《敬孚類稿》十六卷。http://baike.baidu.com/subview/767925/6068159.htm

註二一　戴敦元（一七六七－一八三四），字吉旋，號金溪，開化人。清乾隆五十五年（一七九〇）進士，任官四十年，居不廢職，行無異趣，有諾必踐，簡而寡營。逝世僅遺幾架書籍，幾幅畫，幾間舊房，數畝薄田而已。贈太子太保，謚簡恪。http://www.baike.com/wiki/%E6%88%B4%E6%95%A6%E5%85%83

註二二 自注引《清史稿・戴敦元傳》「書籍浩如煙海，人生豈能盡閱？天下惟此義理，古今人所談，往往雷同。當世以爲獨得者，大抵昔人唾餘。」，稱：「語意大略相同，語殆從誰家所撰敦元墓碑中摘來。」檢覈，此段文字之前有「敦元博聞強識，目近視，觀書與面相磨，過輒不忘。每至一官，積牘覽一過，他日吏偶誤，輒摘正之，無敢欺者。奏對有所諮詢，援引律例，誦故牘一字無舛誤，宣宗深重之。至老，或問僻事；指某書某卷，百不一爽。嘗曰：」見趙汝巽：《清史稿・列傳一百六十一・文苑列傳三・戴敦元傳》http://ctext.org/wiki.pl?if=gb&chapter=473820#p2

註二三 焦循（一七六三－一八二〇），清哲學家、數學家、戲曲理論家。字理堂（一字裡堂），江蘇揚州黃玨鎮人，讀書著述其中。博聞強記，於經史、曆算、聲韻、訓詁之學都有研究。《易餘籥錄》爲焦循研究《易經》隨筆記錄，凡二十卷。http://baike.baidu.com/view/111117.htm?fr=wordsearch

註二四 「萬法歸宗」，道家指萬事萬物儘管形式上變化多端，其本質或目的不變，最終都歸於道。這裡指的是道教的全部教義和經教、科教、法派、教戒、煉養方法等都要歸宗於通道修道，眞思志道。http://baike.baidu.com/view/622659.htm

註二五 「理一分殊」是中國宋明理學講一理與萬物關係的重要命題。源於唐代華嚴宗和禪宗。宋明理學家採納了華嚴宗、禪宗的上述思想，提出了「理一分殊」的命題。朱熹從本體論角度指出，總合天地萬物的理，只是一個理，分開來，每個事物都各自有一個理。http://baike.baidu.com/view/150177.htm

註二六　尹占華、韓文奇校注：《柳宗元集校注》（北京市：中華書局，二〇一三年十月），冊一，〈封建論〉「解題」，頁一九二—一九三。

註二七　范泰恆（約西元一七六〇年前後在世），字不詳，號無兕，河內人。生卒年均不詳，乾隆十年（西元一七四五年）進士，改庶吉。外補崇義縣知縣。泰恆工古文，著有《燕川集》六卷。http://baike.baidu.com/view/222254.htm

註二八　章士釗稱：「前論能言宋人之記似論，柳州諸記句調似賦，雖未悟柳文自騷賦入手，退之無故體貌異。可謂稍窺柳州崖略。」見章士釗：《柳文指要》，頁八三八。

註二九　章士釗：《柳文指要・總序》，頁一二六七—一二七三。

註三十　傅璇琮、羅聯添主編：〈柳文指要（全十四冊）〉，《唐代文學研究論著集成》（西安市：三秦出版社，二〇〇四年十月），卷一，頁一一七。

註三一　詳見盧寧：〈摘要〉，《韓柳文學綜論》（北京市：學苑出版社，二〇〇三年七月），頁二三三—二三五。

註三二　陸贄（七五四—八〇五），字敬輿，唐代蘇州嘉興（今浙江嘉興南）人。永貞元年卒於任所，謚號宣。有《陸宣公翰苑集》二十四卷。http://www.zwbk.org/MyLemmaShow.aspx?zh=zh-tw&lid=102171

註三三　柳開（九四七—一〇〇〇），北宋散文家。原名肩愈，字紹先（一作紹元），號東郊野夫；後改名開，字仲塗，號補亡先生，大名（今屬河北）人。爲宋代古文運動宣導者。著《河東柳仲塗先生文集》十五卷、卷首一卷。http://baike.baidu.com/view/68625.htm?fr=wordsearch

註三四　王鏊（一四五〇－一五二四），明代名臣、文學家。字濟之，號守溪，晚號拙叟，學者稱震澤先生，有《姑蘇志》、《震澤集》、《震澤長語》。http://baike.baidu.com/view/231523.htm

註三五　趙坦（一七六五－一八二八），又名趙徵，字寬夫，號石侶，仁和（今杭州）人。清代學者。作文宗唐文人元結、柳宗元。山水小品講究鑄詞摹景及佈局。著述有《保甓齋文集》（道光八年刻本）等。http://tonyhuang39.com/blog/archives/3769

註三六　王立群：《中國古代山水遊記研究》（北京市：中國社會科學出版社，二〇〇八年）頁八八。

註三七　吳文治：《柳宗元評傳》（北京市：中華書局，一九六二年），頁一一五－一二〇。

註三八　高似孫：《子略》，卷四，轉引自《古典文學研究資料彙編 柳宗元卷》（北京市：中華書局，一九六四年），頁一三七－一三八。

註三九　黃炳輝：〈次山文開子厚先聲說〉，《廈門大學學報》一九八六年第一期（一九八六年），頁一二九－一三六。

註四十　虞集（一二七二－一三四八）元代著名學者、詩人。字伯生，號道園，人稱邵庵先生著有《道園學古錄》、《道園遺稿》。虞集素負文名，與揭傒斯、柳貫、黃溍並稱「元儒四家」；詩與揭傒斯、范梈、楊載齊名，人稱「元詩四家」。http://baike.baidu.com/view/118132.htm

註四一　汪藻（一〇七九－一一五四）北宋末、南宋初文學家。字彥章，號浮溪，又號龍溪，饒州德興（今屬江西）人。著作散佚甚多。今傳本《浮溪集》三十六卷，乃是四庫館臣自《永樂大典》中輯出者。http://baike.baidu.com/view/118738.htm

註四二　王錫爵（一五三四－一六一四）字元馭，號荊石，南直隸太倉（今屬江蘇）人，王錫爵博學多識，著作有《王文肅集》五十三卷，附錄二卷，《文肅奏草》二十三卷。http://baike.baidu.com/subview/123821/5891327.htm

註四三　注釋音辯本稱「元注云」，蔣枝翹輯注本亦稱「自注」，可知爲柳宗元原注。詳見尹占華、韓文奇校注：《柳宗元集校注》，冊六，頁一八八一。

註四四　朱翌（一〇九七－一一六七）字新仲，號潛山居士、省事老人。舒州（今安徽潛山）人，有《猗覺寮雜記》二卷。又《潛山集》四十四卷，周必大爲作序。http://baike.baidu.com/view/211836.htm

註四五　廖瑩中（?－一二七五）南宋刻書家、藏書家。字群玉，號藥洲。邵武（今屬福建）人。所刻之書，用油墨和雜泥並用金香麝調和後，紙寶墨光，賞心悅目，世爲善本。刊刻韓愈《韓昌黎集》四十卷、柳宗元《柳河東集》四十四卷著名於世。http://baike.baidu.com/view/3972558.htm?fr=wordsearch

註四六　廖瑩中對柳宗元文集也做了校注工作，但基本上是抄撮舊注卻又刪去著者姓氏而成。章士釗援引世綵堂本的《柳河東集》直作「廖注」，檢視吳文治《柳宗元集》其實是「韓注」。詳見吳文治：《柳宗元集》（臺北市：華正書局，一九九〇年），下冊，頁七六〇。

註四七　此處註解亦非「廖瑩中」的註解，而是「孫曰」，詳見吳文治：《柳宗元集》，下冊，頁七六〇。

註四八　章士釗：《柳文指要．總序》（北京市：中華書局，一九七一年），頁一－一七。

註四九　見吳文治：《柳宗元詩文十九種善本異文匯錄》（合肥市：黃山書社，二〇〇四年），頁四六九。

註五十　自注：「西南夷傳，出《史記》不出《漢書》，廖注誤。」（八三八）

註五一　檢覈得知：廖瑩中：《河東先生集》，卷二十九「永最善」句下「評」引《漢書．西南夷傳》尹占華、韓文奇校注：《柳宗元集校注》，冊六，頁一八八五。

註五二　林紓（一八五二－一九二四年），近代文學家、翻譯家。字琴南，號畏廬，福建閩縣（今福州市）人。在北京任五城中學國文教員。所作古文，爲桐城派大師吳汝綸所推重，名益著。除翻譯作品外，有古文研究著作《韓柳文研究法》、《春覺齋論文》以及《左孟莊騷精華錄》、《左傳擷華》等。http://baike.baidu.com/view/24933.htm

註五三　即前引「天下總此義理，古今人說來說去，不過是此等話頭，當世以爲獨得之奇者，大率俱前世人之唾餘耳。」

註五四　劉大魁（一六九八－一七七九），清代散文家。字才甫，一字耕南，號海峰。桐城（今屬安慶市樅陽縣）人。在桐城派中，劉大魁文比較喜歡鋪張排比。辭藻氣勢，較方苞、姚鼐爲盛，而雅潔淡遠則不如。著有《海峰先生文集》、《海峰先生詩集》、《論文偶記》一卷、《古文約選》四十八卷、《歷朝詩約選》九十三卷等。http://baike.baidu.com/view/80082.htm

註五五　見王文濡：《評校音注古文辭類纂》卷五十二引劉大魁語。見尹占華、韓文奇校注：《柳宗元集校注》，冊八，頁一八八七。

註五六　章士釗贊同虞集「看來丹碧華葉，乃實景自然，著不得『如』字。」後，再以柳宗元採「實景描繪」，寫出「祠之土兩山牆立，丹碧之華葉駢植，與山升降。」的文句。

註五七　虞集（一二七二—一三四八），元代著名學者、詩人。字伯生，號道園，人稱邵庵先生。著有《道園學古錄》、《道園遺稿》。虞集素負文名，與揭傒斯、柳貫、黃溍並稱「元儒四家」；詩與揭傒斯、范梈、楊載齊名，人稱「元詩四家」。http://baike.baidu.com/view/118132.htm

註五八　此爲吳汝綸評點《柳宗元集》引述姚鼐的說法。吳汝綸（一八四〇—一九〇三），字摯甫，一字摯父，安徽省桐城市人。晚清文學家、教育家，與馬其昶同爲桐城派後期主要代表作家。http://baike.baidu.com/view/80413.htm姚鼐（一七三一—一八一五）清代著名散文家，與方苞、劉大櫆並稱爲「桐城三祖」。字姬傳，一字夢谷，室名惜抱軒，安徽桐城人。著有《惜抱軒全集》等，曾編選《古文辭類纂》。http://baike.baidu.com/view/19676.htm

註五九　王應麟（一二二三—一二九六），南宋官員、學者。字伯厚，號深甯居士，又號厚齋。祖籍河南開封，後遷居慶元府鄞縣（今浙江鄞縣），爲學宗朱熹，涉獵經史百家、天文地理，熟悉掌故制度，長於考證。一生著述頗富，計有二十餘種、六百多卷。http://baike.baidu.com/subview/55121/6206287.htm

註六十　何焯（一六六一—一七二二），字潤千，晚號茶仙；江蘇長洲（今蘇州）人。著有《詩古文集》、《語古齋識小錄》、《道古錄》、《義門讀書記》、《義門先生文集十二卷》、《義門題跋一卷》等。《義門讀書記》五十八卷，收何焯讀經、史、集部著作後的讀書校刊記。http://baike.baidu.com/view/216135.htm

註六一　茅坤（一五一二—一六〇一），明代散文家、藏書家。字順甫，號鹿門，歸安（今浙江吳興）

人，提倡學習唐宋古文，反對「文必秦漢」的觀點，作品內容，則主張必須闡發「六經」之旨。編選有《唐宋八大家文抄》。http://baike.baidu.com/view/80480.htm

註六二　章士釗：《柳文指要》，頁八四一。

註六三　在今湖南零陵郵亭圩，湘江水系，二級支流黃溪河，匯入一級支流白水後流入湘江。黃溪河發源于陽明山摩天嶺，途經蔡家田、郵亭圩福田、韓家洲、大忠橋、從白水兩江口進入湘江；唐代屬永州。

註六四　黃溪，湘江二級支流。源頭位於湖南省永州市郵亭圩廟門口村。這裡距古城永州七十里，是柳宗元謫居永州十年中到過最遠的地方。黃溪水出陽明山后龍洞，蜿蜒西流七十里至黃江口，穿越福田鄉，過李家橋，再折而北至郵亭圩，轉梅溪洲入祁陽縣；經大忠橋、白水鎮，入湘江，全長百餘公里，域及雙牌、零陵、祁陽三縣區，是湘江上游僅次於瀟水的一條支流。http://baike.baidu.com/view/1235312.htm

註六五　翟滿桂：《柳宗元永州事跡與詩文考論》（武漢市：華中師範大學中國古代文學專業博士論文，二〇一〇年九月），頁六九。另可參考百度百科「黃溪」詞條，「黃溪，湘江二級支流。源頭位於湖南省永州市郵亭圩廟門口村。這裡距古城永州七十里，是柳宗元謫居永州十年中到過最遠的地方。黃溪水出陽明山后龍洞，蜿蜒西流七十里至黃江口，穿越福田鄉，過李家橋，再折而北至郵亭圩，轉梅溪洲入祁陽縣；經大忠橋、白水鎮，入湘江，全長百餘公里，域及雙牌、零陵、祁陽三縣區，是湘江上游僅次於瀟水的一條支流。」http://baike.baidu.com/view/1235312.htm

註六六　永州八記皆柳宗元實際遊歷所寫，可依柳宗元文章實地考察「按文索址」。永州八記遺址在永州城郊，唐憲宗元和四年（八〇九）柳宗元住在城內東山法華寺。〈始得西山宴遊記〉的西山，就在對河，指瀟水西岸南自朝陽岩起，北接黃茅嶺，長亙數裡起伏的山丘，即現今的娘子嶺一帶。〈鈷鉧潭記〉的鈷鉧潭，在永州市零陵區河西柳子街柳子廟右側愚溪西北面。〈鈷鉧潭西小丘記〉的「西小丘」在柳子街至永州市人民醫院後的公路下側，愚溪旁。〈至小丘西小石潭記〉的「小石潭」就在愚溪旁。〈袁家渴記〉的「袁家渴」出永州市南門約五華里，在南津渡沙溝灣村，村前「關刀洲」旁有奇形怪狀的石島，即是「袁家渴」。〈石渠記〉的「石渠」爲袁家渴沿瀟水而上，約半華里有一條小溪，不遠處有石拱橋，橋下爲農家浣洗處，當是石渠舊址。〈石澗記〉爲從石渠沿瀟水而下約一華里，翻過土山，到澗子邊楊家。村子北面小溪，從村前田洞中間流經村旁，穿石拱橋，入瀟水，即「石澗」。〈小石城山記〉「小石城山」在永州愚溪之北，過東風大橋到朝陽街道，沿著往北的山路而上，約一華里即就到小石城山。http://baike.baidu.com/view/19529.htm

註六七　尹占華、韓文奇校注：《柳宗元集校注》，冊六，頁一八八七。

註六八　尹占華、韓文奇校注：《柳宗元集校注》，冊六，頁一八八六。

註六九　《四部備要》仿傚於敏中等所輯《篛藻堂四庫薈要》，全書用聚珍仿宋活字排印，字畫清晰，精美古雅。中華書局一九二〇年起排印出版，中華書局一九二〇年起排印出版。共五集，計收經、史、子、集各種古籍三五一種，一一三〇五卷，線裝二五〇〇冊。一九三四年出版布面精裝十六開本一〇〇冊，紙面平裝十六開本二八〇冊，將原四頁縮成一頁。臺灣中華書局亦於一九六六年年據上海中華書局一九三六年聚珍仿宋版影印。http://forum.er07.com/viewthread.php?tid=29218

註七十　《柳河東集》此本四十五卷、外集五卷、附錄一卷。爲明代蔣之翹輯注，據三徑藏書本，以聚珍仿宋活字排印。

註七一　此書一九八一年三月初版，上下兩冊，定價七〇〇元。

註七二　游黃溪記（上）http://117.34.102.40:8080/wfvideo/newPlay.action?sid=SB020303609&classCode_lm=LM0　游黃溪記（下）http://117.34.102.40:8080/wfvideo/newPlay.action?sid=SB020303610&classCode_lm=

註七三　檢視國家圖書館臺灣書目整合查詢系統（http://metadata.ncl.edu.tw/blstkmc/blstkm#tudorkmtop），有關章士釗《柳文指要》評論書目有三篇：1.張之淦：〈柳文探微（指要）小識〉（上）（下），《大陸雜誌》第六五卷第三－四期（一九八二年九、十月）（上）頁三－一四；（下）頁二九－五二。2.李立明：〈「柳文指要」章士釗〉，《時代批評》第三三卷第三期（一九七三年九月），頁二二－二五。3.寬文生：〈柳文指要〉《中國文學報》第二十四卷（一九七四年十月），頁一一一－一一七。再檢視中國期刊網「中國知識資源總庫CNKI系列數據庫」（http://cnki50.csis.com.tw/kns50/index.aspx）檢索大陸的期刊論文、博碩士論文，鍵入「章士釗」與「柳文指要」「游黃溪記」字串，檢索得大陸以「章士釗《柳文指要》爲研究議題的論著共有三十七篇：1.卞孝萱：〈關於《柳文指要》〉，《湖南科技學院學報》二〇〇五年第一期。2.王晨：《《柳文指要》研究》，（廣州市：廣州大學專門史碩士論文，二〇一二年）。3.程毅中：〈毛澤東與章士釗《柳文指要》的出版〉，《百年潮》二〇〇〇年第九期。4.朱志先、張霞：〈章士釗《柳文指要》獻疑一則〉，《湖北第二師範學院學報》二〇一〇年第十二期。5.卞孝萱：〈《柳文指要》中的章士釗自述〉，《湖南科技學院學報》二〇〇五年第九期。6.方厚樞：〈《柳文指要》出版的臺前幕後〉，《出版參考》二〇〇三年第十七期。7.馮光宏：〈毛澤東爲何看重《柳文指要》〉，《兵團建設》二〇〇四年第三期。8.王學泰：〈怪書《柳文指要》的書里書外〉，《粵海風》一九九九年四期。9.薛文：〈一格用人才—從章士釗的《柳文指要》的出版說起〉，《出版工作》一九七八年第三期。10.徐仁甫：〈讀《柳文指要》札迻〉，《重慶師範學院學報》（哲學社會科學版）一九八二年第一期。11.斯夫：〈毛澤東特批出版《柳文指要》〉，《黨史博覽》二〇〇三年八期。12.蹇長春：〈卞孝萱先生對《柳文指要》的學術貢獻〉，《淮陰師範學院學報》（哲學社會科學版）二〇〇三年第三期。13.韓三洲：〈毛澤東兩次幫助章士釗出書〉，《海內與海外》二〇一三年十一期。14.卞孝萱：〈章士釗一生「三指要」〉，《煙臺師範學院學報（哲學社會科學版）二〇〇一年第二期。15.蘭殿君：〈特立獨行章士釗〉，《文史春秋》二〇〇八年第四期。16.陳福康：〈問號的濫用〉，《咬文嚼字》二〇〇一年第四期。17.〈博采之窗〉，《黨史博采》二〇〇四年第一期。18.〈南坡一生追摹 時加評說 最最心儀韓柳文〉，《東方養生》二〇一一年第七期。19.邵文實：〈「在人雖晚達，于樹似冬青」——卞孝萱教授訪談錄〉，《文藝研究》二〇〇七年第一期。20.陳鐵健：〈不以成敗說往事——白吉庵著章士釗傳》書後〉，《百年潮》。21.丁仕原：〈「美名人不及，佳句法如何」——略論章士釗的詩詞〉，《湖南行政學院學報》二〇〇一年第二期。22.張啓成：〈柳宗元文之注、譯、標點辨誤〉，《常州工業技術學院學報》一九九五年第一期。23.蔣凡：〈韓愈與王叔文集團的「永貞改革」——兼論韓愈政治思想的進步因素〉，《復旦學報》（社會科學版）一九八〇年第四期。24.劉錦：〈韓愈、柳宗元的評價問題〉，《重慶師範學院學報》（哲學社會科學版）一九八一年第一期。25.劉知漸：〈柳宗元《漁翁》詩中的「人」〉，《重慶師範學院學報》（哲學社會科學版）一九八二年第一期。26.何書置：〈八記、還是九記？——對柳宗元「永州八記」傳統看法的質疑〉，《零陵師專學報》一九八二年第二期。27.何書置：〈爲何稱爲「永州八記」〉，《湘潭大學社會科學學報》一九八三年第一期。28.張兆新：〈小議《童區寄傳》〉，《徐州師範學院學報》一九八三年第一期。29.羅繼祖：〈柳宗元畜妓〉，《社會科學輯刊》一九八七年第三期。30.孫代文：〈柳宗元山水詩的和諧美〉，《廣西社會科學》一九八八年一期。31.〈《現代國學大師學記》出版〉，《文史知識》二〇〇七年第三期。32.綦荊、尹納：〈游黃溪記〉，《當代學生》二〇一三年第八期。33.潘宏華：〈品《游黃溪記》中山水之美與遷謫之情〉，《中學語文》二〇一三年第二四期。34.〈游黃溪記〉，《中華活頁文選・初二年級》二〇一〇年十二期。35.徐洪耀：〈《游黃溪記》題注辨析〉，《寧波師專學報》（社會科學版）一九八三年第三期。36.李強：〈游黃溪記〉（《中學生閱讀》（高中版）二〇〇五年Z二期。37.孫芳銘：〈《游黃溪記》閱讀〉，《中學生閱讀》（高考版）二〇〇八年第三期。合計檢索得四十篇。

註七四　程毅中舉例如下：如在《先侍御史府君神道表石背先友記》的敘論中，對柳宗元父親柳鎮的朋友，努力考證其生平行事，在前人注釋的基礎上繼續搜羅材料，又有不少補充。例如袁滋的事蹟，就引用了《劇談錄》和《逸史》的記載（中華書局一九七一年版，頁三九七－三九九，以下引書均據此版）；又在通要之部裡列了《補記袁滋》一條（頁二〇一一－二〇一六），引用雲南昭通豆沙關的摩崖石刻，上面有袁滋的題字，也可據以考證袁滋出使南詔的行程。又如《晉文公問守原議》一篇的論述，揭示了「永貞逆案」的隱秘，作者採用卞孝萱先生的考證，論定《續幽怪錄》（原名《續玄怪錄》，宋朝人避始祖趙玄朗諱改「玄」作「幽」）中的《辛公平上仙》條，實爲記載順宗被弒之資料。《辛公平上仙》是一篇小說，用影射的手法反映了順宗被害的宮廷政變。在此之前，陳寅恪先生曾有《順宗實錄與續玄怪錄》一文，指出《辛公平上仙》「假道家『兵解』之詞，以紀憲宗被弒之實」。但沒有注意到《續幽怪錄》中有纂改年號的情況（宋人刻書時因避仁宗趙禎諱改「貞元」作「元和」），結論未達一間。《指要》則採取了實爲憲宗之父唐順宗李誦被弒的新解，就更爲精密了。通要之部卷十四又列了《再記續幽怪錄》一條（頁二〇二三），對《辛公平上仙》的文字還作了校勘，也可見作者不斷積累資料之勤奮。」程毅中：〈毛澤東與章士釗《柳文指要》的出版〉http://gmwx.nlc.gov.cn/wjls/201106/P020110608387577936630.pdf

註七五　程毅中：〈毛澤東與章士釗《柳文指要》的出版〉http://gmwx.nlc.gov.cn/wjls/201106/P020110608387577936630.pdf

試論歐陽修詞中之「物我觀照」

李佳蓮

摘要

本文從羅泌校正吉州本《歐陽文忠近體樂府》之〈題詞〉云其「與物有情」一語切入思考，以歐陽修一耿介剛正之宗儒，在朝暢論時政、在野疾呼民生之餘，面對自然界萬物百態，究竟是如何「與物有情」的呢？從另一層面來說，「與物有情」成爲歐陽修創作詞的心理背景，那麼，什麼叫做「與物有情」？如何從歐陽修詞作中觀察出他「性至剛，而與物有情」的特質？他如何在「與物有情」的創作心理背景下，創作出「疏雋」、「深婉」兼具的詞作？成爲本文思考的核心問題與寫作動機。論述方式則以探討歐陽修詞中「物我觀照」情形爲重點，從創作主體、表現形式與閱讀欣賞等三層次著眼，認爲歐陽修內在磊落率眞的修爲品格，以及他參透人世的豁達智慧，反映在作品中便時常流露出物我和諧、恬淡舒適之心境，悠遠曠達的心胸，因此能夠異於一般艷詞俗語，「終有品格」。

關鍵詞

歐陽修詞、物我、采桑子、玉樓春、蝶戀花

一　前言

歐陽修（一〇〇七－一〇七二）為北宋縱橫於政治、文學之一代碩儒，歷任館閣校勘、龍圖閣直學士，累官至樞密副使、參知政事，執文壇牛耳，詩、文、詞、賦兼擅，蘇軾、曾鞏皆其門下。宋羅大經《鶴林玉露》卷二云：

楊東山嘗謂余曰：「文章各有體，歐陽公所以為一代文章冠冕者，固以其溫純雅正，藹然為仁人之言，粹然為治世之音，然亦以其事事合體故也。如作詩，便幾及李杜。作碑銘記序，便不減韓退之。作五代史記，便與司馬子長並駕。作四六，便一洗崑體，圓活有理致。作詩本義，便能發明毛、鄭之所未到。作奏議，便庶幾陸宣公。雖游戲作小詞，亦無愧唐人花間集，蓋得文章之全者也。」（註一）

可見歐陽修在文學方面的斐然成就，幾得文章之全者。其中「游戲作小詞」一語，頗值得注意。「詞」為音樂文學，興起於唐代綺筵公子、繡幌佳人酬唱宴樂之酒筵歌席間，具有細膩纖巧之本質，歐陽修身為文壇泰斗，亦以「游戲」的心態創作「小詞」，今觀歐詞，誠然多為描述男女情愛、撫時嘆逝、傷春悲秋、感慨怨別之作，大抵不脫詞幽約怨悱、要眇宜修的特質，和他「文備眾體，變化開闔，因物命意，各極其工」（註二）的散文風格有別，也和他剛直耿介、憂國愛民的名臣形象不同。

然而，縱使如此，羅大經又說「亦無愧唐人花間集」，可知歐陽修詞和他其他方面的文學表現一樣，同樣取得極高成就。宋王灼《碧雞漫志》卷二稱其詞「風流蘊藉，一時莫及，而溫潤秀潔亦無其比」（註三），曾慥《樂府雅詞．序》譽曰「歐公一代儒宗風流，自命詞章幼眇，世所矜式」（註四）；清人馮煦《蒿庵論詞》認爲他與晏殊「翔雙鵠於交衢，馭二龍於天路」，並對於宋詞的發展具有深遠的影響：

> 宋至文忠，文始復古，天下翕然師尊之，風尚爲之一變。即以詞言，亦疏雋開子瞻、深婉開少游。（註五）

清劉熙載《藝概》卷四〈詞曲概〉云：「馮延巳詞，晏同叔得其俊，歐陽永叔得其淡。」（註六）可見得歐陽修詞在詞史上具有承先啓後的重要地位，他上承馮延巳詞的「淡」，下開蘇軾的「疏雋」、秦觀的「深婉」，具有「疏雋」、「深婉」兼備的風格。

與歐陽修同郡的羅泌曾校正《歐陽文忠全集》的《近體樂府》，而成吉州本《歐陽文忠近體樂府》三卷，其〈題詞〉云：

> 情動於中而形於言，人之常也。《詩》三百篇，如俟城隅、望復關、摽梅實、贈芍藥之類，聖人未嘗刪焉。陶淵明〈閑情〉一賦，豈害其爲達，而梁《昭明》以爲白玉微瑕，何也！公性至剛，而與物有情，蓋嘗致意於《詩》，爲之本義，溫柔寬厚，所得深矣。吟詠之餘，溢爲歌詞，有《平山集》盛傳於世，曾慥雅詞不盡收也。今定爲三卷。（註七）

揣摩羅泌其意，他認爲歐陽修雖然秉性至剛，但「與物有情」，因此撰有《詩本義》，對於溫柔敦厚的《詩》三百篇直探「情動形言」的抒情本義，在吟詠不盡之餘，便將滿溢的情感創作爲「詞」。筆者對於其「與物有情」一語深感興趣，蓋人俯仰於世，莫不與萬物接觸，歐陽修以一耿介剛正之宗儒，在朝暢論時政、在野疾呼民生之餘，面對自然界萬物百態，究竟是如何「與物有情」的呢？不僅面對通篇草木鳥獸蟲魚的《詩》三百篇綣綣有情致，撰著《詩本義》直探詩歌「情動於中，而形於言」的抒情本質，還意猶未盡，將滿溢的情感化爲珠璣歌詞，如此一來，歐陽修剛中帶柔的人物形象呼之欲出。

從另一層面來說，「與物有情」成爲歐陽修創作詞的心理背景，那麼，什麼叫做「與物有情」？如何從歐陽修詞作中觀察出他「性至剛，而與物有情」的特質？他如何在「與物有情」的創作心理背景下，創作出「疏雋」、「深婉」兼具的詞作？成爲本文思考的核心問題與寫作動機。因此，本文擬欲探討歐陽修詞中的「物我觀照」，論述如下。

二　歐陽修與文學傳統中之「物我觀照」

早在先秦典籍中，就已經注意到人與萬物之間互動牽連的關係：《禮記・樂記》云「人心之動，物使之然也。」（註八）鍾嶸《詩品》云：

> 氣之動物，物之感人，故搖蕩性情，形諸舞詠。……若乃春風春鳥、秋月秋蟬、夏雲暑雨、冬月祁寒，斯四候之感諸詩者也。（註九）

劉勰《文心雕龍》〈明詩〉云：「人秉七情，應物斯感，感物吟志，莫非自然。」〈物色〉所云「春秋代序，陰陽慘舒，物色之動，心亦搖焉。」、「是以詩人感物，聯類不窮。」（註十）以及通篇之討論，陸機〈文賦〉云：「遵四時以嘆逝，瞻萬物而思紛，悲落葉於勁秋，喜柔條於芳春」（註十一）均是探討人與萬物之間對應、觀照之後所產生的情緒發酵如何形諸文字的問題。錢穆先生《論語新解・陽貨篇第十七》云：

> 詩尚比興，多就眼前事物，比類而相通，感發而興起。故學於詩，對天地間鳥獸草木之名能多熟識，此小言之。若大言之，則俯仰之間，萬物一體，鳶飛魚躍，道無不在，可

以漸躋於化境，豈止多識其名而已。孔子教人多識於鳥獸草木之名者，乃所以廣大其心，導達其仁。詩教本於性情，不徒務於多識。（註十一）

他從孔子仁學角度論詩歌中的感物起興，強調了萬物與人皆爲大自然之一體，鳶飛魚躍、鳥獸草木蟲鳴，大自然自有其生態理序，人當從中體悟「道」，將心靈開放廣大，則人之應對進退處世，將無不通達，「道」將無所不在，由此強調詩歌對於修身養性的重要性。徐復觀先生〈釋詩的比興——重新奠定中國詩的欣賞基礎〉云：

> 興是一種「觸發」，即朱傳的所謂「引起」。其所以能觸發，是因爲先有了內在的潛伏感情；被它觸發的還是預先儲存著的內在潛伏感情；觸發與被觸發之間，完全是感情的直接流注，而沒有滲入理智的照射。在感情的直接流注中，客觀的事物，乃隨著感情而轉動，其自身失掉了客觀的固定性。

完全是物我一體的藝術境界，因爲是物化，所以自己生存於一境之中，而儻然與某一物相遇，此一物一境，即是一個宇宙，即是一個永恆；化爲雞，即是圓滿俱足於雞；化爲彈，即圓滿俱足於彈。既圓滿俱足了，更從何處感到有難塡的缺陷，而發生超越於當下

一境一物之上的神力的要求？（註十二）

可見得徐先生認爲所謂「悉物起興」，重要的還是主體內在潛伏的感情，以及感情的直接流注。

從這些觀點結合羅泌所謂歐陽修「性至剛，而與物有情」之說，則可解釋爲身爲創作主體的歐陽修，本身具有豐富充沛的情感，觸目所及鳶飛魚躍、春秋之代序、草木之零落、宇宙萬物之自然變化，莫不發而爲美人之遲暮、英雄之垂老、悲歡離合、感時傷逝等感慨，感慨既多、搖盪性靈，即形諸舞詠、化成文字。

若以歐陽修千古名篇〈醉翁亭記〉舉例說明，該文作於宋仁宗慶歷六年（公元一〇四六年），當時歐陽修因眼見國家積弊未改，支持韓琦、范仲淹等人推行新政的北宋革新運動，因而被貶官到滁州，憂國憂民之心與被貶謫流放的失意委屈可想而知。然而，他來到滁州之後，實行寬簡政治，使當地人過著和平安定的生活，因此也從另一層面得到安撫與慰藉。〈醉翁亭記〉通篇以「樂」字貫穿：禽鳥盡享四時山水之樂、人民與太守盡享宴酣沉醉之樂，何以有這麼優游自在的天地？是因爲投身在大自然純眞清明的美景中，歐陽修得以抒發他的抑鬱與憂傷，全篇流溢著對於大自然美景的歌詠：山水峰巒相間、亭臺林壑掩映之美，朝暮晦明變化、四季草木風霜變化之美，儼然一幅清麗脫俗的自然風情畫；優游在這片好山好水的人們，動靜呼應、往來不絕，美酒佳餚、宴樂絲竹，賓主盡歡，純然一幅閒適和樂的世外桃花源。張立敏〈「閑人」雅歌——歐陽修詞學觀淺析〉中提到：

崇文盛世中的一代宗師歐陽修融儒家之汲汲于濟世及先聖孔子「浴乎沂，風乎舞雩，涼而歸」審美追求中所體現出來的悠然胸次，與魏晉風流尚雅之適心自娛于一爐，屏除了魏晉名流之「任誕」，既濟世拯物又蕭然自適。（註十四）

此處所指融儒家濟世、魏晉風流於一爐的悠然胸次，「浴乎沂，風乎舞雩，涼而歸」的適心自娛，表現在觀照大自然萬物時從體察自然變化、順應天時理序，進而懂得與時俯仰、與物推移、進而深度內化爲生命經驗與人生智慧。試觀歐陽修與好友梅堯臣的互動即可佐證，梅堯臣〈寄題滁州醉翁亭〉云：

琅琊谷口泉，分流漾山翠。使君愛泉清，每來泉上醉。醉纓濯潺湲，醉吟異憔悴。日暮使君歸，野老紛紛至。但留山鳥啼，與伴松間吹。借問結廬何，使君遊息地。借問醉者何，使君閒適意。借問鐫者何，使君自爲記。使君能若此，吾詩不言刺。（註十五）

翠山、清泉，日暮啼鳥、松間醉吟，梅堯臣借用了陶淵明「結廬在人間」的典故，說明歐陽修陶醉在滁州美景下閒適悠然的意境。不只是在滁州，梅堯臣〈新秋普明院竹林小飲詩序〉記載了歐陽修爲梅堯臣詩酒酬唱餞別之風流韻事：

余將北歸河陽，友人歐陽永叔與二三君具觴豆，選勝絕，欲極一日之歡以爲別。於是得普明精廬，釃酒竹林間，少長環席，去獻酬之禮，而上不失容，下不及亂，和然嘯歌，趣逸天外。酒既酣，永叔曰：「今日之樂，無愧於古昔，乘美景，遠塵俗，開口道心胸間，達則達矣，於文則未也。」命取紙寫普賢佳句，置坐上，各探一句，字字爲韻，以誌茲會之美。咸曰：「永叔言是，不爾，後人將以我輩爲酒肉狂人乎！」頃刻，眾詩皆就，乃索大白，盡醉而去。明日第其篇，請余爲敘云。（註十六）

他們友朋四、五人，精心挑選了竹林間「乘美景、遠塵俗」的普明精廬作爲餞別之「勝絕」場所，詩酒酬錯，和然嘯歌、趣逸天外，展現了歐陽修等人融入天地萬物之間瀟灑豁達的開闊胸襟。

至於歐陽修的詞作，是否也反映了他觀照萬物、與大自然渾圓相融的開闊胸襟呢？試觀他的聯章體〈采桑子〉組詞前一段「致語」（即〈西湖念語〉）：

昔者王子猷之愛竹，造門不問於主人；陶淵明之臥輿，遇酒便留於道士（註十七）。況西湖之勝槩，擅東穎之佳名。雖美景良辰，固多於高會；而清風明月，幸屬於閑人。並游或結於良朋，乘興有時而獨往。鳴蛙暫聽，安問屬公而屬私；曲水臨流，自可一觴而一詠。至歡然而會意，亦傍若於無人。乃知偶來常勝於特來，前言可信；所有雖非於己有，其得已多。因翻舊闋之辭，寫以新聲之調，敢陳薄伎，聊佐清歡。（註十八）

「愛竹成癡」的魏晉名士王子猷還有雪夜「乘興而行、興盡而返」，訪戴卻何必見戴的行徑，與陶淵明臥輿當道、把酒言歡的純任天然率眞的行徑，都被歐陽修引爲典故，視爲嚮往追隨的風流美事。而在歐陽修眼中，清風明月、鳴蛙曲水，這屬於大自然的美好事物，不屬於任何個人、也不是矯揉造作刻意營造而來，均能讓人歡然會意，悠然自適。

此處歐陽修聯章體〈采桑子〉，應是他晚年（宋神宗熙寧四年，一〇七一年）歸隱穎州之後，「翻舊闋、寫新聲」所作，共有十首均以「西湖好」起句，內容歌詠穎州西湖風物之美好以及自己流連美景的心情，此段致語開門見山便表達出此種物我觀照後舒適、自得的心情。歐陽修長子歐陽發在《歐陽文忠公文集》附錄卷五〈事跡〉條云：

先公爲人天性剛勁，而器度恢廓宏大，中心坦然，未嘗有所屑屑於事。……至於接人待物，樂易明白，無有機慮與所疑忌。與人言，抗聲極談，徑直明辨，人人以爲開口可見心腑，至於貴顯，終始如一，不見大官貴人事位貌之體，一切出於誠心直道，無所矜飾，見者莫不愛服。（註十九）

可知歐陽修是個光明磊落、心胸開闊、氣度恢弘之人，無怪乎雖遭貶謫，仍能恬淡自適觀賞自然美景，他的聯章體〈采桑子〉組詞後文第四節將再詳述。因此，筆者認爲若從歐陽修詞作觀察其物、我觀照之態度，將是值得研究之議題。

三　此恨不關風與月——理性更顯情深

以下展開對於歐陽修詞作中「物我觀照」之探討，爲求論述具層次有理序，擬依文學作品的創作過程切入思考，亦即從創作主體出發，進而扣合表現方式、再進入閱讀欣賞等三層次，各節以歐詞中的名句切合論述內容者爲標題，藉以緊扣文本、凸顯論述核心。

首先從創作主體著手。自從《詩大序》提到「詩者，志之所之也。在心爲志，發言爲詩。情動於中而形於言，言之不足，故嗟嘆之。」強調文學之起源爲人內心澎湃未已的情志，揭示了創作主體積極、主觀的感受爲創作最重要的靈魂。歐陽修詞和一般傷春悲秋、幽約悱惻的詞作稍有不同，他在悲歡離合、感時傷逝之餘，總透露出豁達、樂觀的態度，可能和上述他胸襟磊落、恢宏大度之人格特質有關，因此，當他面對自然界萬物與人事的變化：草木之榮枯、生命之消長、天之陰晴、月之盈虧、悲歡喜怒、聚散離合，雖不免深情感慨，但終不致深陷泥沼、低迴嗚咽，而往往以豪放豁達之姿昂揚而起，以積極把握、觀賞自適的態度顯示他對萬物之愛賞、對世事之深情，充分顯示出創作主體歐陽修雖則理性卻更顯情深的觀照態度，此以他的代表作之一〈玉樓春〉詞為例說明：

> 樽前擬把歸期說，未語春容先慘咽。人生自是有情癡，此恨不關風與月。　離歌且莫翻新闋，一曲能教腸寸結。直須看盡洛城花，始共春風容易別。（註二十）

此詞寫離別，「樽前」與「春容」相對宴飲，本該歡樂，但卻擬欲訴說離別之「歸期」，因此，話猶未出，淚已先流、聲已嗚咽，宴飲之歡樂與離別之悲傷造成強大的戲劇張力，不忍言別！可見出作者的深情與體貼。下兩句突然從深情繾綣中迴旋而出，以理性的物我觀照將此深情悲傷迴盪開來：一般文學作品往往是「因物興感」，但歐陽修在此卻否定了這種說法，他認為癡情本來就是人的天性，人原本就是註定會受到情感的羈絆，何關乎風花雪月呢?!此處葉嘉瑩教授有極精闢的闡述：

所謂「人生自是有情癡」者，古人有云：「太上忘情，其下不及情，情之所鍾，正在我輩。」所以況周頤在其《蕙風詞話》中就曾說過：「吾聽風雨，吾覽江山，常覺風雨江山之外有萬不得已者在。」這正是人生之自有情癡，原不關於風月。李後主之〈虞美人〉詞曾有「春花秋月何時了，往事知多少？小樓昨夜又東風，故國不堪回首月明中」之句，夫彼天邊之明月與樓外之東風，固原屬無情，何干人事？只不過就有情之人觀之，則明月東風遂皆成為引人傷心斷腸之媒介了。所以說：「人生自是有情癡，此恨無關風與月」，此二句雖是理念上的思索與反省，但事實上卻是透過了理念才更見出深情之難解。（註二一）

由此可知，歐陽修雖然理性認為清風明月為自然界客觀現象，原無關人事；但正因為歐陽修「與物有情」，以有情眼光觀照萬物、體察萬物所帶給人事的情感羈絆，則更增添人世間情感之牽掛。因此，臨別前夕、翻唱離歌，一曲就夠人肝腸寸斷了，切莫再翻唱新曲了，傷感離別之情滿溢而出，然而，歐陽修卻在末句「突然揚起，寫出了『直須看盡洛城花，始共春風容易別』的遣玩的豪興」（註二二）春歸之恨是人人所需忍受的，但是有誰能叫春天不走呢？既然如此，在春盡之前，就全心全意的珍惜擁有，如此，當離別來臨時也比較能夠接受了。在這裡顯示出歐陽修把握當下、珍惜擁有的積極人生觀，以及及時行樂、盡情遣玩的豪興，葉嘉瑩教授認爲這就是歐陽修性格中最大的特色，也顯示出他與馮延巳、晏殊三家詞作異同：

馮詞有熱情的執著，晏詞有明澈的觀照，而歐詞則表現爲一種豪宕的意興。……然而「洛城花」卻畢竟有「盡」，「春風」也畢竟要「別」，因此在豪宕之中又實在隱含了沉重的悲慨。所以王國維在《人間詞話》中論及歐詞此數句時，乃謂其「於豪放之中有沉著之致，所以尤高」。（註二三）

實爲至論。張麗珠教授《袖珍詞學》中亦云：

所以在多情的「情痴」之餘，歐陽修更是有一份通達、飛揚的人生意興，能夠將失意轉爲豁然，將悲慨轉爲欣賞。這也就是歐陽修雖然一再被貶謫，但在他的詞中，卻能夠始終保持「鳥歌花舞太守醉」、「籃輿酩酊插花歸」（〈豐樂亭遊春詩〉）一多情深摯又不失疏朗遣玩心境的原因。（註二四）

均指此意。

歐陽修其他詞作也能展現此種人生態度，〈定風波〉組詞共計六首，可名爲「惜春賞花詞，其旨意大體相同，言春光一年一度，不過倏忽之間，面對妝點春光的春花，應把盞痛飲，盡情玩賞，切莫輕易放過；韶華易逝，青春難再，惜春、賞花，亦即惜年、樂生，寓及時行樂之意。」（註二五）其中一首云：

把酒花前欲問君，世間何計可留春。縱使青春留得住、虛語、無情花對有情人。任是好花須落去，自古、紅顏能得幾時新。暗想浮生何事好，唯有、清歌一曲倒金樽。（頁四二）

此首情感特別纏綿曲折，把酒花前、問君留春，展現了對自然界春光的美好、人生中的美好所持有無限的深情厚愛，可是，花開花落、春去春來，大自然的時序豈容爲你駐足停留呢？因此，自知留春是無計的。然而，縱使青春留得住，也是枉然，因爲春光無情、花兒無情，哪裡懂得人之多情？空留有情人對無情花徒然傷心，此處顯示出和「人生自是有情癡，此恨無關風與月」相同的理性觀照，大自然都是理性客觀的存在，哪裡和人事的傷逝離別有關呢?!一切都因人本多情，因此也「與物有情」了。既然如此，就一任花開花落吧！無論花開花落，均會花落花開，然而，紅顏一老，還有何時再新呢?!因此，權且拋開惱人俗務，唯有把盞美酒、清歌一曲，最是浮生樂事了！整闋詞情感千迴百轉，直在肯定、否定中徘徊，雖是理性、實乃深情；既是深情，更當把握當下、盡情揮灑！從自然萬物的遷化中體悟人世之無奈，進而珍惜、曠達，實爲歐詞中豪放沉著、格調猶高之風格。

另一首〈玉樓春〉：

風遲日媚煙光好，綠樹依依芳意早。年華容易即凋零，春色只宜長恨少。池塘隱隱驚雷曉，柳眼未開梅萼小。尊前貪愛物華新，不道物新人漸老。（頁二八）

此詞上、下片的前半部均描寫自然春色之美，在風暖日媚、柳煙繚繞、芳草依依、春雷隱隱的美好春光中，後半部轉入人事的感慨：春光易逝、年華易老，這是千古以來難以避免的憾事。就因如此，趕快飽覽日漸減少的春色吧！趕快貪愛眼前的金樽美酒、簇新物華吧！不要再想物新人老的事情了，整首詞戛然而止，沒有繼續在惜春傷逝的無奈中沉淪，展現的是物我觀照後昂揚的人生觀。

另一首〈聖無憂〉：

世路風波險，十年一別須臾。人生聚散長如此，相見且歡娛。好酒能消光景，春風不染

髭鬚。爲公一醉花前倒，紅袖莫來扶。（頁三九）

此詞寫老友久別重逢、相聚會飲，雖然確切的人、時、地難考，但從詞意得知，歐陽修和朋友經過了十年的闊別，這十年之中，歐陽修歷經了險惡的世路風波。宋仁宗景祐三年（一〇三六）歐陽修爲范仲淹辯護，遭貶峽州夷陵令，直到宋慶曆五年（一〇四五），又因支持范仲淹等人的新政改革遭貶滁州，前後正好十年，或許正指此時期。歐陽修歷經宦海浮沉、世路險惡，十年光景倏忽而逝，與好友再次相會，早已白了少年頭，溫柔的春風也染不回他的白髭鬚。縱使如此，也要拚搏醉倒花前，廉頗老矣、尚且能飯；醉翁老矣，沉酣好酒、醉倒花前的豪興尚在，不須紅巾翠袖攙扶。滿腔宦海沉浮的憤懣、人生聚散、年華不再的感慨，反而以疏狂之語作結，誠然是歐陽詞的風格。而此詞作風格之產生，恐怕也和歐陽修磊落心胸在觀察萬物自然變化之後所領會的感悟有關。

四　今年花勝去年紅——以物象映襯已情

上一節的探討針對創作主體（我）觀照外在客體（物）時所抒發的感受，而認爲歐陽修詞具有達觀豪宕之興致，接下來便要思考創作過程中物我觀照對於表現方式的影響。

李白〈春夜宴從弟桃李園序〉云：「陽春召我以煙景，大塊假我以文章」，自然萬物取之不盡、用之不竭的變化，提供騷人墨客源源不絕的創作靈感，而如何化用、剪裁，運用物象映襯己情，相較於其他文體，詞更加深幽曲徑、蜿蜒曲折的文學特質，往往使得作品中的意象更爲豐富交疊，情味更加婉轉繚繞。歐陽修詞作中的物我觀照，當然不盡如上所述全爲昂揚豪宕之作，也有感物、體悟之時，興發感慨，倍加纏綿惆悵者，而他如何表現出來？並非直言吐露，藉由物象的特點映襯、烘托已情，使得詞味雋永綿長。如〈浪淘沙〉：

把酒祝東風，且共從容，垂楊紫陌洛城東。總是當時攜手處，遊遍芳叢。　聚散苦匆匆，此恨無窮。今年花勝去年紅，可惜明年花更好，知與誰同。（頁四十）

此爲懷舊，爲回憶過往相聚交遊的美好、今非昔比的感嘆之作。「東風」爲春天所吹的風，象徵著所有世間的美好事物，雖則美好，總是來去匆匆、容易消逝，若能誠心禱告加以挽留就好了。不只是留住東風，更是留住垂楊紫陌、當年攜手共遊芳叢的所有美好的過往。只是，再怎麼誠心祝禱，時間仍是留逝、聚散仍是來去匆匆，徒然留下遺憾。從物象映襯己情，「今年花勝去年紅」，花紅柳綠，一年比一年更加迷人，隱然透漏積極意味，言下之意，應當更積極把握、及時賞花行樂；末句陡轉，只是到了明年呢？共賞芳叢的人兒們呢？更在何方！人事的變遷、世事的更迭猶如迅雷不及掩耳，往往徒剩唏噓喟嘆。此詞以「花紅」物象象徵美好的事物，也藉「花開、花落」象徵人事的變遷，並且映襯心情之無奈感慨。換句話說，年復一年「花」的繁華艷紅與盛開零落，在詞人的眼中觀照看來，在積極遊賞的同時，也蘊含著無奈傷逝的感慨。明黃蓼園《蓼園詞評》中說：

> 末兩句，憂盛危明之意，持盈保泰之心，在天道則方盈益謙之理，俱可悟得。大有理趣，卻不庸腐。粹然儒者之言，令人玩味不盡。（註二八）

誠然如是，以今昔之比對照來日，從自然界物象盈虧之理體會人事，乃至於天道，俱是同理可喻。

歐陽修的〈蝶戀花〉「庭院深深深幾許」（或云馮延巳所作），也是膾炙人口的名作，同樣以「花」的開落映襯己情，寫得含蓄婉約、深深扣人心扉：

> 庭院深深深幾許，楊柳堆煙，簾幕無重數。玉勒雕鞍遊冶處，樓高不見章臺路。雨橫風狂三月暮，門掩黃昏，無計留春住。淚眼問花花不語，亂紅飛過鞦韆去。（頁十三）

這首詞寫深閨女子的幽怨，首先描寫的是深庭大院的寂寞，藉由楊柳依依、煙霧裊裊、簾幕重重，堆疊出深幽曠遠之感，藉由這些事物堆疊起來的意象，彷彿一個孤獨的眼光遍索各處，都不見其他人影，放眼望去都是一重又一重的深庭大院，因此充滿了孤獨與寂寞。那她所尋找的人兒呢？在那充滿玉勒駿馬、達官公子們遊冶尋歡的花街柳巷。她的眼光回到了深閨大院，天候也一天天的變了，到了暮春三月，春天走到了盡頭，留也留不住，雨橫風狂，一齊打亂了春天美好的氣象。到了這般時節，她思念的人兒還是沒有回來，能夠問誰呢？問花嗎？花象徵的是美好的事物，但是花兒也無法回答，因爲連花兒都自身難保，在時序的催促下、在雨橫風狂的蹂躪下，花兒也一片凋零、一片片地隨風飄逝，猶如她已破碎凋零的心。末二句以「落花」的意象，映襯女主角的心境，物象與心境合而爲一，堪稱絕作。俞平伯《唐宋詞選釋》評曰：

「三月暮」點季節，「風雨」點氣候，「黃昏」點時刻，三層渲染，才逼出「無計」句來。（註二七）

可知自然界季節、氣候、時節的變化，在歐陽修的運用下成爲烘托人物心境的妙筆。明末清初毛先舒評此詞云：

詞家意欲層深，語欲渾成。作詞者大抵意層深者，語便刻畫；語渾成者，意便膚淺，兩難兼也。或欲舉其似，偶拈永叔詞曰：「淚眼問花花不語，亂紅飛過鞦韆去」，此可謂層深而渾成。何也？因花而有淚，此一層意也；因淚而問花，此一層意也；花竟不語，此一層意也；不但不語，且又亂落，飛過鞦韆，此一層意也。人愈傷心，花愈惱人，語愈淺，而意愈入，又絕無刻畫費力之瀕，謂非層深而渾成耶！（註二八）

何以歐陽修能作到意境深遠而又語意渾然天成呢？筆者以為因為他能充分掌握住物象的特徵，加以巧妙結合詞中的意境，不僅是末二句的落花，包含俞平伯之語，歐陽修運用自然界季節、氣候、時間的遞嬗無法停留，三層渲染幽閨女子想挽留男子卻無法挽留、想挽留春天也無法挽留、想挽留時間更無法挽留的傷心與絕望，懷抱著這樣的傷心絕望，想找人宣洩卻無人可訴，只好訴諸花兒，花是美好的象徵，她但盼得到一絲絲的回應，讓她聯想到任何美好的可能降臨，因而感動流淚、因淚問花，然而，花也無法自主，無能為力，甚且只能飄零散落，猶如無計挽回的時間一般、無計停留。歐陽修精準地掌握了「落花」此一物象的特徵，貼切結合詞中意境，藉客觀景物、環境反應，來暗示和烘托人物主觀感情、思緒的筆法，委婉不迫，曲折有致，正所以深化情感，眞切地表現了生活在幽閉狀態下的貴族少婦難以明言的內心隱痛，自然造成語意渾成、意境深遠的佳作。王國維《人間詞話》認為此詞是「有我之境」，「以我觀物，故物皆著我之色彩」，亦即此意。

另一首〈蝶戀花〉爲歌詠越女采蓮之詞，同樣爲歐詞中傳唱千古之名作：

越女採蓮秋水畔，窄袖輕羅，暗露雙金釧。照影摘花花似面，芳心只共絲爭亂。鸂鶒灘頭風浪晚，霧重煙輕，不見來時伴。隱隱歌聲歸棹遠，離愁引著江南岸。（頁十四）

以女子爲題材，尤其是美麗的江南采蓮女子爲題材，在詞中不乏出現，而歐陽修此作得到極高的讚譽，葉嘉瑩先生指出：

同樣以美麗的江南女子爲題材，歐陽炯的〈南鄉子〉（二八花鈿）「沒有品格在其中」，薛昭蘊的〈浣溪紗〉（月女淘金春水上）「寫得很膚淺，沒有境界」，而在歐陽修的〈蝶戀花〉（越女采蓮秋水畔）中，「窄袖輕羅，暗露雙金釧」表現了一種含蓄蘊籍的美，「衣飾的襯托，已經表現一種品格了」，「照影摘花花似面，芳心只共絲爭亂」，富于感發作用，是「靈光照耀的神來之筆」，因此歐詞「有品格，有內容，有境界」。（註二九）

此詞寫采蓮女的美麗與哀愁，從「照影」一句便生動地將人物心理與外在活動作巧妙的結合，更傳神的是，少女千迴百轉的細膩心思，猶如蓮藕剪不斷、理還亂的細絲，「絲」即「思」也，爲何亂了情思？一切盡在不言中。最後采蓮女隨著歌聲的遠颺翳入江影，彷彿隨著離愁牽引到江南岸邊，是歌聲、是船帆、是船上的人兒，也是人兒滿載的情思，言語淡雅，卻蘊含著耐人咀嚼的意境，少女幽微的情思，與天邊、江闊、遠颺的歸棹歌聲渾然相融，物我合一，形成悠遠天然的意境。

五　群芳過後西湖好——寧靜致遠之美

最後要談到文學創作的第三種層次：閱讀欣賞的層次。此處指在物我觀照的關係中，若能將觀照客體視爲閱讀欣賞的對象，意即程顥所云「萬物靜觀皆自得，四時佳興與人同」，則能體會大自然的理序，春花秋月、魚躍蟲鳴，自有天地間萬物生成化育的道理，自然能「坦然不以物傷性，將何適而非快？」（蘇轍〈黃州快哉亭記〉），自然能「不以物喜、不以己悲」（范仲淹〈岳陽樓記〉），而有悠然胸次，歐陽修詞中的物我觀照，亦往往呈現出此種「行到水窮處，坐看雲起時」（王維〈終南別業〉）的寧靜致遠之美與豁達自適之得。

此處以歐陽修〈采桑子〉十首組詞爲例說明。前引組詞開首「致語」時已經指出，此爲歐陽修晚年（宋神宗熙寧四年，一〇七一年）歸隱穎州之後，「翻舊闋、寫新聲」所作，內容歌詠穎州西湖風物之美好以及自己流連美景的心情，致語中便表達出他觀照萬物、與大自然渾圓相融的開闊胸襟。那麼詞作內容呢？其第一首云：

輕舟短棹西湖好，綠水逶迤，芳草長堤，隱隱笙歌處處隨。無風水面琉璃滑，不覺船移，微動漣漪，驚起沙禽掠岸飛。（頁一）

輕舟一葉、短棹一把，輕鬆閒適地遊過西湖，綠水蕩漾、芳草鮮美，長堤外還隱約有悠揚的笙歌，詞的上闋優美得猶如世外桃源的風情畫，靜態中有動態、動態反襯靜態，笙歌由人聲化爲天籟，融入大自然之中，達到物我合一的境界。下闋以「不覺船移」這種主觀感受刻畫無風的水面平滑澄碧的客觀景象，將外部環境與內心感受渾融一體，結合得極爲巧妙自然。末句仍然是以動襯靜，爲什麼是驚起呢？因爲禽鳥是敏感的，儘管是輕舟小槳，儘管是水面無風，在極靜之中禽鳥還是感受得到動，又由禽鳥所感之動，襯托作者不覺其動之靜。何以如此？當然是因爲作者心境之靜（註三十），正因爲他的豁達自適之得，才能描繪出西湖寧靜致遠之美。

第二首云：

春深雨過西湖好，百卉爭妍，蝶亂蜂喧，晴日催花暖欲然。蘭橈畫舸悠悠去，疑是神仙。返照波間，水闊風高颺管弦。（頁一）

此闋詞也是充分融合自然界的時序、天候、植物、動物，以及置身其境的人物情境描寫。到了春深之際，總是帶點微雨、又帶點微醺的暖和，百花競開、蜂蝶群舞，好不熱鬧。面對此情此景，人們也充滿活力，撐篙划船，在悠揚的絲竹聲中船伕欸乃一聲、悠然划去，如此舒適的畫面，是自然界和諧流通的時序運行，也是塵世間安詳和樂的人事流轉。寫景、寫物，也寫人寫情。

其第四、七、九首云：

群芳過後西湖好，狼籍殘紅，飛絮濛濛，垂柳闌干盡日風。笙歌散盡遊人去，始覺春空。垂下簾櫳，雙燕歸來細雨中。（頁二）

荷花開後西湖好，載酒來時，不用旌旗，前後紅幢綠蓋隨。畫船撐入花深處，香泛金卮。煙雨微微，一片笙歌醉裏歸。（頁三）

殘霞夕照西湖好，花塢蘋汀，十頃波平，野岸無人舟自橫。西南月上浮雲散，軒檻涼生。蓮芰香清，水面風來酒面醒。（頁三）

西湖美景花紅柳綠、朗日晴空，均是撼人心魄的美，美不勝收、擷取不盡，爲何要寫群芳過後、荷花開後、夕陽殘照的西湖？原來，懂得欣賞殘缺也是一種美的哲學。群芳過後怎能說好？而他看到的同樣是狼籍殘紅，何以還是「西湖好」？可見其人生觀的不同，一般人只知欣賞花的盛美，而有多少人能在花謝之時賞玩它的殘缺？人生便是如此，得失、悲歡常是一體兩面的事，要能賞玩殘花的美，才能體悟到花盛之景，品味「失」的一面亦終能得到「得」所沒有的佳趣。處順境是人人都會的事，但處逆境卻不改常態，能賞玩寂寞中的佳趣，才是君子所能做到的事，一個人之所以能成爲卿士，是因他能「甘於寂寞」！劉永濟《唐五代兩宋詞簡析》評第四首「群芳過後西湖好」云：

> 此詞雖意在寫暮春景物，而作者胸懷恬適之趣，同時表達出之。作者此詞皆從世俗繁華生活之中滲透一層著眼。蓋世俗之人多在群芳正盛之時游觀西湖，作者卻於飛花飛絮之外，得出寂靜之境。世俗之游人皆隨笙歌散去，作者卻於人散春空之後，領略自然之趣。（註二一）

何以歐陽修能於寂靜殘缺之中領略自然之趣呢？歐陽修曾經任知州，晚年致仕，復居於潁州。筆者以爲此詞爲退休後所作，當時歐陽修已年六十四、五，早已參透人世，看破富貴榮華。邱少華《歐陽修詞新釋輯評》中認爲：

作者經歷了數十年世事滄桑以後，借晚春景象來反映自己的心境與心態：繁華富貴之後的清淡平和，平淡，並不乏味；寂寥，並不傷感。熱鬧喧囂沒有了，但仍然能見到裊娜垂楊，仍然能聽到呢喃燕語，生命的流程仍然在繼續著。（註三二）

在微微細雨中，雙燕雙飛、笙歌裊裊；在殘霞夕照中，無人小舟橫渡平江，寧靜致遠，雖然繁華落盡，但自然界的眞淳、人心中的純眞清晰浮現，大自然自有它的道理，生命的流程自然在延續著。縱橫政壇、文壇大半生的歐陽修，文章道德爲一世學者所宗的歐陽修，走過清貧童年、刻苦勵學後名滿天下，走過人生頂峰、也度過生命幽谷的歐陽修，在看盡宦海浮沉、世路險惡、嘗盡富貴冷暖之後，觀照自然界萬物，欣賞萬物的一切美好與殘缺，眞的做到「萬物靜觀皆自得」的豁達自適，泰然處之。〈采桑子〉這組詞組的最後一首，具有結語的意義，其云：

平生爲愛西湖好，來擁朱輪，富貴浮雲，俯仰流年二十春。　歸來恰似遼東鶴，城郭人民，觸目皆新，誰識當年舊主人。（頁三）

宋治平四年（一〇六七）五月，歐陽修作〈思穎詩後序〉云：

皇祐元年春，予自廣陵得請來潁，愛其民淳訟簡而物產美，土厚水甘而風氣和，於時慨然已有終焉之意也。爾來俯仰二十年間，歷事三朝，竊位二府，寵榮已至，而憂患隨之，心志索然而筋骸憊矣。其思潁之念，未嘗少忘于心，而意之所存，亦時時見於文字也。（註三二）

詞中所云「俯仰流年二十春」，意即文中所指「爾來俯仰二十年間」，這二十年間歐陽修「寵榮已極，而憂患隨之」，終至身心俱疲，多次求退。他終於如願以償，來到潁州西湖過起退隱生活，遠離寵辱是非。「誰識當年舊主人」，放下塵世名利富貴的歐陽修，儼然以改頭換面、重獲新生的心境重回潁州，轉眼富貴如浮雲，無官一身輕的他，終於實質地體會到人與大自然的和諧、物我合一的佳趣。

六　結語

王國維《人間詞話》云：

詞之雅、鄭，在神不在貌。永叔、少游雖作豔語，終有品格。（註三四）

歐陽修詞在詞壇上實有深刻的貢獻，他的詞作雖然也寫男女閨情、傷春惜別、感時嘆逝的內容，題材也未能有明顯的開拓，但他的詞作「寫情而不落俗鄙，言近旨遠地呈現出深意，能在詞的傷春悲秋、感時傷逝情緒之外，還具有思想的空間，這正是歐詞的一大特色，無怪乎劉熙載說「馮正中詞，歐陽永叔得其深」（註三五）。而在這樣的詞作風格下，本文探討歐陽修詞中「物我觀照」的情形，從創作主體、表現形式與閱讀欣賞等三層次著眼，認為歐陽修內在磊落率眞的修為品格，以及他參透人世的豁達智慧，反映在作品中便時常流露出物我和諧、恬淡舒適之心境，悠遠曠達的心胸，因此能夠異於一般艷詞俗語，「終有品格」。

注釋

註　一　〔宋〕羅大經：《鶴林玉露》，收入嚴一萍選輯：《百部叢書集成》（臺北縣：藝文印書館，一九六五年據明商濬校刊《稗海》本影印），第十三輯，頁七。

註　二　〔宋〕吳充：《歐陽公行狀》，收入洪本健編：《歐陽修資料彙編》（北京市：中華書局，一九九五年），頁五四。

註　三　〔宋〕王灼：《碧雞漫志》，收入唐圭璋編：《詞話叢編》（臺北市：廣文書局，一九六七年），冊一，頁三二。

註　四　〔宋〕曾慥：《樂府雅詞》，收入嚴一萍選輯：《百部叢書集成》（臺北縣：藝文印書館，一九六五年據清咸豐伍崇曜校刊本影印），第六四輯，頁一。

註　五　〔清〕馮煦：《蒿菴論詞》，收入唐圭璋編：《詞話叢編》（臺北市：廣文書局，一九六七年），第十一冊，頁三六七七。

註　六　〔清〕劉熙載：《藝概》，收入唐圭璋編：《詞話叢編》（臺北市：廣文書局，一九六七年），第十一冊，頁三七七〇。卷四〈詞曲概〉（臺北市：漢京事業文化公司，二〇〇四年），頁一〇七。

註　七　〔宋〕羅泌：《近體樂府．跋》，收入《歐陽文忠公文集》（臺北市：臺灣商務印書館，一九六五年四部叢刊初編集部據上海商務印書館縮印元刊本），卷一三三，頁一〇三五。

註　八　姜義華注譯：《禮記．樂記》（臺北市：三民書局，二〇〇一年），頁五一三。

註　九　〔梁〕鍾嶸著，徐達譯注：《詩品》（臺北市：臺灣古籍出版社，一九九七年），頁一、十三。

註　十　〔梁〕劉勰著，周振甫注：《文心雕龍》（臺北市：里仁書局，一九八四年），頁八三、八四五。

註十一　〔晉〕陸機：〈文賦〉，收入〔梁〕蕭統編，〔唐〕李善注：《文選》（臺北市：華正書局，二〇〇〇年），卷十七，頁二四〇。

註十二　錢穆：《論語新解》（臺北市：東大圖書公司，一九八八年），頁六二七。

註十三　徐復觀先生：〈釋詩的比興——重新奠定中國詩的欣賞基礎〉，《中國文學論集》（臺北市：臺灣學生書局，一九八〇年），頁一〇一－一〇二。

註十四　參見張立敏：〈「閑人」雅歌——歐陽修詞學觀淺析〉，《青島大學師範學院學報》第二四卷第三期（二〇〇七年九月），頁六一。

註十五　梅堯臣：〈寄題滁州醉翁亭〉，收入洪本健編：《歐陽修資料彙編》（北京市：中華書局，一九九五年），頁八。

註十六　選自《梅堯臣集編年校注》卷二一，見洪本健編：《歐陽修資料彙編》，頁六。

註十七　案：此應為「道上」之誤，典出《宋書》卷九三列傳第五三〈隱逸〉所述陶淵明事跡：「義熙末，徵著作佐郎，不就。江州刺史王弘欲識之，不能致也。潛嘗往廬山，弘令潛故人龐通之齎酒具於半道栗里要之，潛有腳疾，使一門生二兒轝籃輿，既至，欣然便共飲酌，俄頃弘至，亦無忤也。」見楊家駱主編：《新校本宋書》（臺北市：鼎文書局，一九九三年），頁二二八八。

註十八　〔宋〕歐陽修撰：《歐陽文忠公文集》，收入《四部叢刊初編集部》（臺北市：臺灣商務印書館，一九六五年據上海商務印書館縮印元刊本），卷一三二，頁一〇一三。

註十九　見洪本健編：《歐陽修資料彙編》（北京市：中華書局，一九九五年），頁一一八。

註二十　本文所引歐陽修詞，皆據校刊頗詳之華正書局一九八七年版之《六一詞》，該書根據明末毛晉汲古閣本、兼取吉州羅泌校正原刻本、元翻刻本，及宋刊《醉翁琴趣外篇》等書重校刊行。此處〈玉樓春〉見頁二九，後文引用歐詞者，將於詞末註明頁碼，恕不一一加註。

註二一　葉嘉瑩：〈說歐陽修〈玉樓春〉詞一首〉，收入《迦陵論詞叢稿》（臺北市：桂冠圖書公司，二〇〇〇年），頁八三。
註二二　葉嘉瑩：〈說歐陽修〈玉樓春〉詞一首〉，頁八四。
註二三　同前註，頁八四。
註二四　張麗珠：《袖珍詞學》（臺北市：里仁書局，二〇〇一年），頁八三。
註二五　邱少華主編：《歐陽修詞新釋輯評》，頁二〇一。
註二六　〔明〕黃蓼園：《蓼園詞選》，收入尹志騰校點：《清人選評詞集三種》（濟南市：齊魯書社，一九八八年）。
註二七　俞平伯：《唐宋詞選釋》（北京市：人民文學出版社，一九七九年）。
註二八　王又華《古今詞論》引明毛先舒語，見洪本健編：《歐陽修資料彙編》（北京市：中華書局，一九九五年），頁六八〇。
註二九　葉嘉瑩：《唐宋詞十七講》（石家莊市：河北教育出版社，一九九七年），頁六二一。
註三十　參考自邱少華主編：《歐陽修詞新釋輯評》，頁三。
註三一　劉永濟：《唐五代兩宋詞簡析》（臺北市：龍田出版社，一九八二年）。
註三二　邱少華主編：《歐陽修詞新釋輯評》，頁七。
註三三　〔宋〕歐陽修：〈思穎詩後序〉，見《歐陽文忠公文集》卷四十四，收入《四部叢刊初編集部》（臺北市：臺灣商務印書館，一九六五年），頁三二五。
註三四　王國維：《新譯人間詞話》（臺北市：三民書局，一九九四年），頁四八。

註三五　張麗珠：《袖珍詞學》（臺北市：里仁書局，二〇〇一年），頁八一。

中唐詩歌生態意蘊初探
——以《白居易集》「閑適」諸卷所載爲限

洪如薇

摘要

近年來，「生態文學」因生態學自身的發展及人們生態意識的高漲而蓬勃開展。「生態文學」可以界定爲一種藝術形式，有廣義、狹義兩種，狹義的生態文學又區隔爲「古代樸素的生態文學」與「近現代意識的生態文學」兩類。

爲了突破研究瓶頸，開創跨科技的研究視域，文學作品與文學批評紛紛被攬入生態視野，《盛唐生態詩學》就是此類極具開創性的代表作——一部以生態思維討論盛唐山水詩及其群落現象的專著。

本文借鑑前述成果考察《白居易集》「閑適」詩歌，逐一分析、歸納其中兩百多首作品後，提出以下結論：

〈秋山〉、〈渭水偶釣〉諸作證成「盛唐與中唐在美學趣味上的最重要區別，就在於盛唐人審美上堅持了生態本位觀」此一觀點，〈松聲〉、〈朝迴遊城南〉等詩則不爲中唐審美原則所宥而別具生態意蘊，既體現以自然爲中心的生態哲學、人與自然同具本位意義的生態思維，又表現了人性與自然在生態意義上具有本質呼應的一面，可視爲「古代樸素的生態文學」。

關鍵詞

生態文學、唐代、詩歌、白居易

一　前言

初見「生態文學」一詞，筆者腦中所閃現的不外乎〈放下捕蟲網〉（註一）、〈遇見一株樹〉（註二）此類描摹動、植物之美好情態，同時閃爍著保育精神的現代文學創作，至於面對古典文學範疇下的生態思維此類議題，則令人一時之間摸不著頭緒，強加理解後，亦僅止於傳統詩文中內蘊的「天人合一」思想或是孔子所謂學《詩》能「多識於鳥、獸、草、木之名」云云。有鑑於此，本文擬對當前「生態文學」的定義及相關研究成果進行概述，承此而下介紹「生態思維」在古典詩歌研究上所指涉的範疇與突破，再取白居易「閑適」詩歌進行清查，藉以考察「盛唐與中唐在美學趣味上的最重要區別，就在於盛唐人審美上堅持了生態本位觀」（註三）之說，揭示白居易詩歌創作中具備生態意蘊的作品，及其在生態思維、生態哲學視角下體現的意義。

二　「生態文學」的定義

「生態」一詞，基本上作爲一門自然學科的名稱，一般而言，用以指涉「生物之間的活動，及生物與周圍環境之間相互關係的活動。」（註四）「生態學」原是生物學的分支領域，但隨其研究對象不斷擴大，而觸及人與自然的普遍聯繫和互爲關係的層次時，「生態文學」這跨學科的詞彙也就應運而生了。

此外，隨著人類科技文明的高度發展，人們改造自然的能力日益提高，卻因資源濫用導致居住環境惡化，破壞生態招致的諸多惡果促成人類重新思考自身與自然的關係，追求其間的和諧。因著這樣的背景，生態文學蓬勃地發展起來，相較於臺灣，中國的學者在二十世紀末以來，對生態文學的諸多面向有更深刻的挖掘與闡述，建構了相對完整的理論架構。

在眾說紛紜，莫衷一是的「生態文學」相關論述中，方軍、陳昕的〈論生態文學〉具有較高的概括性，他們將生態文學定義爲一種藝術形式，它結合了文學與生態學，融會二者的理論爲自身的理論基礎，並有廣義、狹義之別：

> 狹義的生態文學主要是闡述人與自然和諧或不和諧關係的文學作品。這裡的自然指的是大自然中的動物、植物、山川、水域、空氣等生態環境，即物理圈和生物圈。廣義的生態文學包括有關所有的「生態圈」的文學作品。它是在狹義生態文學的基礎上衍生出來的。除人與自然即「物理圈」、「生物圈」的關係之外，它還關注包括「科學圈」和「精神圈」等層面的內容。（註五）

換言之，生態圈中的一切文學作品皆可視爲廣義的生態文學，狹義的生態文學則聚焦於闡述人與自然關係的文學創作。文中進一步二分狹義生態文學的種類爲「古代樸素的生態文學」和「近現代意識的生態文學」，前者在中國傳統山水詩作和描繪美好自然景物的詩句中得到良好的體現，後者專就現代文學進行討論。

〈論生態文學〉之外，〈論生態文學的內涵與特徵〉（註六）、〈詩意回歸的呼喚——論生態文學的主題蘊含〉（註七）也對生態文學的主題、特徵有過挖掘，但僅針對「近現代意識的生態文學」而言並不涉及「古代樸素的生態文學」，至於「古代樸素的生態文學」的相關研究，則有《盛唐生態詩學》（註八）與《宋代生態詩學研究》（註九）的大力著墨。

西南大學的代迅教授，曾撰文將中國古代詩歌梗概地分爲「政治抒情詩」和「農業詩（或稱爲生態詩）」兩個大類，並強調：

> 生態批評能夠照亮我們存在著的某些理論盲點，給我們提供一些不同於既有傳統的新啓示。走向生態詩學，也許是中國現代詩學一個可能的突破方向。（註十）

正由於借鑑生態學於詩歌批評理論上具備了另闢蹊徑、突破瓶頸的可能，所以，《生態學視野下的西漢文學研究》、〈論思空圖《二十四詩品》之生態哲學觀〉、〈生態批評視野——論司空圖《二十四詩品》的生態觀〉、〈李白親和自然的哲學與牛態學意縕〉等研究成果陸續問世。

以上所列舉的期刊、學位論文雖然在研究對象與理論架構上並不一致，但它們都屬於廣義的生態文學——即便是提出這套理論的〈論生態文學〉本身亦然。

三 生態思維與盛唐山水詩

王志清教授二〇〇七年出版的《盛唐生態詩學》，是一部以生態思維討論盛唐山水詩及其群落現象的專著。作者在緒論中提到：

> 而我們提出「生態思維」的說法，已經不是生態學的原意，也不是生態學與詩學的簡單相加，而是在兩個學科之間再設一個共生區。（註十一）

換言之，生態思維基本上可視爲在詩歌批評理論上借鑑生態學的觀點所採取的研究方法，一種跨科際、具有整合性的嶄新研究視角。

生態思維的提出，並非王志清教授將生態學作爲標籤，強行貼在盛唐山水詩文本及其群落現象的闡釋上。生態思維的提出，實際上與生態學自身的發展息息相關。因著生態學的研討層次，從生物學的諸多面向逐步擴展到「人與自然普遍聯繫和互爲關係」此類人們認識世界的理論視野和思維方式的研究層次時，生態學就具備了世界觀、道德觀和價值觀的性質，成爲哲學的一環，具有人文社會科學的基因，也就有了與詩學架構共生區域的可能。

此外，作者將生態思維界定爲一種兼具「廣泛的關聯性」與「關聯的廣泛性」的思維，以這樣的立場將盛唐山水詩攬入生態的視野：

以生態思維來看，盛唐山水詩派作爲生態環境中的文化生物群落，既是這種生態位對於環境選擇和適應的結果，也是其自身進化發展而對生態環境的適應、消費和創造的結果。是同一類或同一層次的物種在最適合它生存生長的環境中聚集而群生，形成了特定的生態圈。（註十二）

生態視野之下的盛唐山水詩派，被理解爲生態環境中的文化生物群落，被視爲一種特定的生態圈，屬於生態現象的一部分，它因爲生態環境而成形，同時又以生態圈的形式影響著生態環境中其他的生態因子，彼此關聯且互爲作用。

進一步而言，山水詩的高潮之所以出現在盛唐，這不僅是一種生態現象，還是一種綜合了自然條件與文化、政治、時代，諸多生態因子的交互作用後而形成的複雜生態現象，故有必要採取生態思維予以綜合考察，將其間的諸多要素進行關聯性和一體性的考慮，能使不同層面和性質的獨立現象彼此連結，形成環形因果關係。生態思維的「廣泛的關聯性」與「關聯的廣泛性」，被借用在盛唐山水詩的研究上，不僅僅是爲了突破研究瓶頸所盡的努力，更是爲了打破學科與學科之間的藩籬、創造獨特研究視境與話語系統的開創性嘗試。

《盛唐生態詩學》以生態思維將山水詩派攬入生態視野，藉此揭示了自然與人性在本質上相互呼應的一面，作者在引用了一段恩格斯描繪他對大海的感受的文字後提到：

這段話我們理解爲這樣兩層意思：其一是山水本身具有與人性靈相通的人文性，其二是人自身具有融會於自然的生態性。可以這樣認爲，自然與人性在生態意義上具有本質呼應的一面。（註十二）

換言之，山水本身具有人文性，能與人性靈相通；人類自身具有生態性，所以能融會於自然，兩者之間互爲作用且彼此關聯的本質，正好提供研究人員一個解讀詩人們林泉高致的新視角——一個修正「文人失意才走向山水」的成見的基礎：

盛唐人走向山水的常態，往往被我們看走樣……因爲時代的空前繁榮，「少年精神」的蒸蒸日上，人們不必以歸隱來逃避現實的黑暗，也不須以慢世逃名的形態來故作清高，他們走向山水時是很豪邁的，遊歷山水、混潁林泉，是一種縱情和享受而後生成的滿足

感和驕傲感。（註十四）

盛唐文人的皋壤之趣，大抵出於自然與人性彼此呼應這種本質上的關聯，唐代全盛時期的知識分子之所以走向山水，與挫折困惑未必有關，王志清教授將盛唐文人混跡山林的行徑視爲一種生活與生命的常態，是盛唐文人精神、人格生態的自然反映。再加上當時佛禪思想取傳統儒家文化以代之成爲時代崇尚的主流，這樣的文化生態，更促使盛唐人與自然山水締結下和諧自在的關係，體現出自然中心觀的生態思想（註十五）。

人性與自然的彼此呼應、佛禪當道的文化生態讓盛唐山水詩中所呈現的不是人化自然，萬物皆備於我的人類自我中心意識，而是天人交感、天人相親的良性生態，例如王維〈山居秋暝〉、孟浩然〈閑園懷蘇子〉、高適〈淇上別業〉、儲光羲〈江南曲四首〉以及裴迪的〈華子岡〉：

在這些作品中，自然與人高度融洽，人與自然達成情感融通的交流，達到意性善解的默契，人格的純精神化的意念，轉化爲具有觀賞性的藝術型態。而不是以物象來擔任象徵的角色，完成「比德」的任務。（註十六）

詩歌裡的自然獨立存在，具有主體性，詩歌裡的人也是如此，但彼此之間又有相互依存的相關性，這類作品予以讀者人與自然同具「本位」意義的啓示，煥發著盛唐山水詩「物皆自得，美在自美」的美學特徵與趣味。

四　盛中唐詩美特徵在生態哲學上的意義

盛唐山水詩「物皆自得，美在自美」的美學特徵，是盛唐人以自然爲中心的生態哲學體現，換言之，盛唐詩人將人、動物、植物都視爲有其各自目的與價値能力的主體，於是自然物象自身美的客觀性在盛唐山水詩中得到最充分的保全。爲了凸顯盛唐詩美觀「美在自美」的生態本位特質，王志清先生多次引用〈論盛中唐詩人構思方式的轉變對詩風新變的影響〉[註十七]一文，闡述盛唐、中唐詩歌在美學特點上的差異——前者「美在自美，物皆自得」，後者「美不自美，因人而彰」。藉由對比的手法，強調盛唐生態思維對「自然生命之間高度和諧」、「生態倫理層面實踐天人合一」的追求。而作爲「對照組」的中唐詩美觀，是這樣被界定的：

> 中唐詩歌可以細分爲三大流派：即韓孟派、元白派和韋柳派，而這三個流派則共同遵守著一個審美原則：「美不自美」。中唐人「美不自美，因人而彰」的審美趣味，代表了類似「人的本質力量對象化」的美學觀。這種審美觀在人與自然的關係上表現出人的主

導意識的強化，強調人化自然的主觀性，萬物皆備於我，自然物象為詩人的主觀情感所統攝或移注，被強加上哲性化的理解，而成為意義的象徵。（註十八）

所謂「美不自美，因人而彰」源自柳宗元〈邕州柳中丞作馬退山茅亭記〉，代表人化自然的美學觀，在詩歌藝術的表現上，採取以情意役物的立場，就生態學角度而言，這種立場就是取消自然物象的主體性，使其成為僅具有對象意義的材料。換句話說，自然物象不再是具有主體性的獨立存在，物象的美之與否由人的主觀意志決定，是一種充分體現人類自我中心意識的詩美觀，是儒家倫理詩觀在中唐詩歌美學上重新居於主流的標誌。在物象由我裁奪的前提之下，抒情者的心理眞實往往取代了山水對象的客觀眞實，導致中唐詩作中的山水自然大多難逃被扭曲、淪為詩人情感心緒的載體的命運。

根據以上王志清教授對中唐詩美現象所進行的總體把握，同時參照〈論生態文學〉的立場來看待中唐詩歌，不免形成兩種印象，導出一個結論。其一、由於中唐詩歌裡的自然物象只是意義的象徵，所以中唐詩壇缺乏「古代樸素的生態文學」，只能就廣義的生態文學進行考察。其二、有鑑於中唐詩美的人類自我中心觀背離了「萬物是人的尺度」此一生態文學的哲學基礎，所以中唐時期缺乏「古代樸素的生態文學」。然而，中唐詩壇眞的缺乏「古代樸素的生態文學」？實際的情況恐非如此。此外《盛唐生態詩學》闡述盛唐「物皆自得」的山水詩美學形態時指出：

只有盛唐人才眞正做到了意與象的渾然交融，其詩也自然興象玲瓏，形神兼備，而其詩歌的風格也就平淡自然、閑雅空靈了。中唐的詩風，一言以蔽之「以意爲主」。張籍、白居易的樂府詩「以意爲主，而失於少文」（張戒《歲寒堂詩話》）；韓愈「氣盛言宜」，是「以意爲主」的另一種方式……（註十九）

引文提出「中唐詩歌以意爲主說」，並以宋代詩話對張籍、白居易樂府詩的評論，補證中唐詩歌的重意傾向，藉此襯托盛唐山水詩因著物物自美，而在意與象之間取得的完美平衡與自然渾化的境界。這樣的敘述脈絡不免啓人疑竇，嚴格而論，即便借用中唐樂府詩的特徵概括中唐整體詩歌風格沒有失之偏頗，但將張籍、白居易的樂府詩置放在盛唐山水詩美的論述中，也是有待商榷的。這是由於張籍、白居易等人的樂府詩歌帶有強烈的諷喻特徵，基本上肩負著上裨教化下理情性的功能，不僅創作動機與山水詩歌大異其趣，兩者的本質也相去甚遠。簡而言之，與其將盛唐山水詩和中唐樂府詩並舉，不如在盛唐山水詩被攬入生態視野之際，也試著在中唐詩作的山水描摹上採取生態思維的視角予以考察。

《白居易集》七十一卷，基本上採取先詩後文的編輯方式，詩歌創作相對集中於前三十八卷（註二十），依序分爲諷喻、閑適、感傷、律詩、格詩歌行雜體等類。有鑑於盛唐山水詩作多寫詩人走進自然的閑逸之情，本文嘗試聚焦《白居易集》五到八卷所錄「閑適」詩作二百一十六首（註二一），分析觸及歌詠山水自然之美與描繪自然物象的作品，整理其間的表現手法，對「『美不自美觀』，是中唐詩歌諸流派所共同遵守的一個審美原則」加以檢驗。

五　白居易「閑適」詩的生態意蘊

白居易作爲中唐詩歌三大流派的代表人物之一，其詩作所體現的生態哲學在探究「美不自美」的中唐詩美特徵上自有被審視、研討的價值，在普遍地梳理其閑適詩作二百一十六首後三分其類，統計結果表列如下：

類型＼卷次與標題	五（閑適一）	六（閑適二）	七（閑適三）	八（閑適四）	合計
不涉及自然景物描寫	25	32	36	27	120
以自然景物作爲背景	25	15	16	27	83
歌詠自然景物	3	1	6	3	13

本表將《白居易集》閑適四卷所載詩歌分爲「不涉及自然景物描寫」、「以自然景物作爲背景」、「歌詠自然景物」三大類，表中二百一十六首詩歌有將近一半的作品不涉及自然景物的描寫，例如〈養拙〉、〈遊藍田山卜居〉諸作，前者以「鐵柔不爲劍，木曲不爲轅」自喻，帶出辭謝名利，追求質樸之性的人生哲理，後者寫遊覽藍田山的自適，並興起擇居幽僻處所的打算，詩中「朝蹋玉烙下，暮尋藍水濱」句雖然涉及山水之名，但藍田山、藍谷水的景物並沒有被進一步描繪，只作爲地點、地名，因此與〈養拙〉歸爲一類，此類作品合計一百二十首，不在本文的討論範疇；〈秋山〉、〈渭水偶釣〉等八十三首作品屬於「以自然景物作爲背景」的類型，前述詩中雖言「山秋雲物冷」、「渭水如鏡色」，但自然山水扮演的是「稱我清羸顏」的角色、引出「心在無何鄉」的伏筆，通覽全詩，秋山中的白石、青蘿爲隱士提供枕臥、攀行的「服務」，渭水中的鯉魚、魴魚是詩人藉姜子牙垂綸渭濱「釣人不釣魚」的典故表述自己「人魚又兼亡」的寄託，它們不是具有主體性的、客觀的自然物，而是詩人藉題發揮的興象，這樣的環境描寫只是詩人抒情言志的背景，(註二二)是〈「美不自美」：中唐詩美的人化自然特徵〉觀點的呼應與證明。至於「歌詠自然景物」的作品有〈首夏同諸校正遊開元觀，因宿玩月〉、〈祗役駱口，因與王質夫同遊秋山，偶題三韻〉、〈松聲〉、〈朝迴遊城南〉等，這十三首作品描寫自然景物的篇幅在各詩所佔的比例不盡相同，所描摹的對象也有差異，或寫山光或狀水色或兼而有之，以下予以歸納並借助前文所界定、援引的「生態文學」、「生態思維」、「生態哲學」等概念加以解讀。

對於耀眼青山的歌詠，主要見於〈祇役駱口，因與王質大同遊秋山，偶題三韻〉（註二二）：

石擁百泉合，雲破千嶂開。平生煙霞侶，此地重徘徊。今日勤王意，一半為山來。

此詩作於元和二年，時為盩厔縣尉的白居易奉命出行，來到盩厔縣西南的駱谷口與隱士王質夫攜手賞遊秋山，走進山林映入詩人眼簾是山石環繞山泉匯聚的景致，其間白雲被穿透，連綿不絕的山峰開展在眼前。面對壯麗的山色，詩人以山水的友伴自稱，表達對大自然的熱愛與留戀，並以今日來到駱谷口不全是為了公務，一半的原因出於親近這奇特的山水作結，再次讚揚自然景物無窮的魅力。有別於「以自然景物作為背景」一類的詩歌，本詩之中的雲、峰巒、泉石被客觀地呈現，各為主體又交互作用所形成的自然之美也如實地被描繪，詩人入山不是為了逃避現實的黑暗或挫折，而是出於對自然山水的愛好與神往，正體現人性與自然在生態意義上具有本質呼應的一面。此外，長慶二年白居易除杭州刺史，在赴任途中寫下〈山路偶興〉，迫於軍亂由襄陽輾轉赴行的詩人以筋力尚在起筆，寫沿途自然山水所觸發的興味寬解了寂寞之情。攀援松蘿登上雲煙繚繞的山嶺，踩踏山石穿過雲氣遮覆的山谷，山林間「谷鳥晚仍啼，洞花秋不落」自在自適的氛圍呼喚著詩人自然之人的本質，於是「遇勝時停泊」、「獨吟還獨嘯」徜徉其間，自然的自然與自然的人和諧交融於一，證成生態思維中「人有融會於自然的生態性，山水有與人性靈相通的人文性」的觀點。

奪人眼目的山林之外，湖光水色則映現在〈汎湓水〉、〈湖亭晚望殘水〉、〈初領郡政，衙退，登東樓作〉與〈泛春池〉諸作，寫登高遠望也好敘浮舟水上也罷，對自然景物都作了相當程度的描摹。元和十一年，白居易在江州司馬任上，騎著馬來到湓浦岸邊，命人置酒而浮遊湓浦，自放於自然之中：

……孼浪始渺渺，風襟亦悠悠。初疑上河漢，中若尋瀛洲。汀樹綠拂地，沙草芳未休。青蘿與紫葛，枝蔓垂相樛……（註二四）

詩人的筆下湓水水面遼闊蒼茫，置身其中，胸懷亦隨之從容不迫，水面的景觀如夢似幻，讓人一開始以爲身處銀河，隨後又彷彿去到海上尋訪神山。水中沙洲上的綠樹芳草生機盎然，青蘿紫葛的枝條與藤蔓彼此糾結纏繞。湓浦的美景令人流連，城裡的塵囂就如同登岸後所見隱隱映現在湓浦水面的江州城雉般虛幻不實，自然景物洗滌了詩人的心靈並予以安頓，故全詩以「此地來何暮？可以寫無憂」作結。讓人從煩襟滯念中解脫開來的還有杭州的山湖之美，〈初領郡政，衙退，登東樓作〉寫詩人公餘之暇向晚時分登臨東樓，樓前所見是「山冷微有雪，波平未生濤」的山光水色，以「水心如鏡面，千里無纖毫」形容水面的澄澈與開闊，水心如鏡，人心亦隨之不起波瀾，胸中的憂煩自然一掃而空。〈汎湓水〉、〈初領郡政，衙退，登東樓作〉中的山水景物，基本上都保有自然物象的主體性，並未被強加上哲性化的理解，自然景物就是自然景物自身，除了符合生態思維的本位觀，也展現人性對自然造化的呼應。再以〈湖亭晚望殘水〉、〈泛春池〉為例，前者以「湖上秋沉寥，湖邊晚蕭瑟」狀寫湖上秋光清朗空曠，薄暮時分湖邊寂靜冷清，極目遠望，水位消退的湖面清澈而平靜地照映著夕陽，其間的光景，詩人試著以白龍、青蛇、破鏡折劍頭竭力描摹，最後卻以見盡幽物的「山水客」之姿，直言「此狀難談悉」對眼前自然風景進行最直接的禮讚，後者以「泓澄動階砌，淡泞映戶牖」描繪池水的深清之美，再借「蛇皮細有紋，鏡面清無垢」形容水面極度澄淨，詩人以不繫之舟隨意泛遊其上且「未撥落盃花，低衝拂面柳」，春花、綠柳落入杯中拂過臉上也不介意更樂在其中，充分體現了山水多情，自然與人高度融洽的境界。

元和十年，白居易在朝為官，朝退後前往長安的郊野散心，寫下〈朝迴遊城南〉一詩，其中的自然景物則山水兼而有之：

……迴轡城南去，郊野正清涼。水竹夾小徑，縈迴繞川岡。仰看晚山色，俯弄秋泉光……（註二五）

詩人策馬來到涼爽宜人的秋日原野，原野上的小路順著河川山岡曲折迴繞，走進小路，一邊是竹林一邊是流水，天色漸晚，抬起頭、低下頭所見所感盡是大自然的山光水色，沉浸其中，詩人忘卻日常仕宦生涯難以避免的「簪組累」，在與自然景物的交遊中忘卻機心，超越仕隱，擺落「且隨鵷鷺末」的羈絆，以「暮遊鷗鶴旁」表達人與暮禽各具自由各自自在，反映了各適其所、物皆自得的生態意趣。

山光水色以外，日常生活中融入自然而絕去塵累的愜意，〈松聲〉亦有表述：

> 月好好獨坐，雙松在前軒。西南微風來，潛入枝葉間。蕭寥發爲聲，半夜明月前；寒山颯颯雨，秋琴泠泠絃。一聞滌炎暑，再聽破昏煩。竟夕遂不寐，心體俱翛然。南陌車馬動，西鄰歌吹繁。誰知茲簷下，滿耳不爲喧？（註二八）

詩人獨坐於美好的月色之中，西南微風潛入松樹的枝葉間，在寂靜冷清的半夜裡發而爲聲，「一聞滌炎暑，再聽破昏煩」的自然之音，讓人在生理、心理上都獲得暢快自在，其中毫無牽掛的閑適滋味是詩人通宵不睡的原因，縱情和享受而後生成的滿足感，自然天籟帶來的感動與超越，讓生命即便在喧嚷不休、紛擾不已的紅塵裡仍能得到安頓。

對山水景物的鍾愛之情讓白居易在江州司馬任內兩度開鑿池陂，其間的美好景致在於「泛灩微雨朝，泓澄明月夕」（註二七）、「小萍加泛泛，初蒲正離離」（註二八），就生態哲學的立場而言，開鑿新池稱不上以自然爲中心的舉措，然而詩中景致、物象也沒有淪爲僅具有對象意義的材料，成爲詩人情志的載體，還是如實呈現出自身客觀的美好與趣味。再就〈小池二首〉觀之（註二九）：

> 晝倦前齋熱，晚愛小池清。映林餘景沒，近水微涼生。坐把蒲葵扇，閑吟三兩聲。
>
> 有意不在大，湛湛方丈餘。荷側瀉清露，萍開見遊魚。每一臨此坐，憶歸青溪居。

清明澄澈的小池不僅能帶來清涼，消解白晝的熱氣，還是享受閑適意趣的好地方，詩人在池畔搖扇吟詠，魚群在池中迴遊，浮萍開散，潔淨剔透的露水從荷葉的邊緣掉進水面，同時落入詩人的眼簾，全詩場景用的全是呈現性的語言，遊魚開萍、圓荷瀉露的風韻都源於物象自身。

最後，就〈首夏同諸校正遊開元觀，因宿玩月〉歌詠自然景物的詩句觀察：

> ……清和四月初，樹木正華滋，風清新葉影，鳥思殘花枝。向夕天又晴，東南隅霞披……須臾金魄生，若與吾徒期。光華一照耀，樓殿相參差……（註三十）

天氣晴朗和暖的四月初，一片生意盎然，清微涼爽的風吹動新生的樹葉，其間所形成的光影下有雀鳥的身影。風停了，日落時分一片清朗，晚霞映現在東南方，詩人與同僚在開元觀西廊下安排酒席，準備在月色下同歌共飲，不久，滿月如期升起，月光下樓臺廳堂之影高低不齊，眾人就著清麗的景色盡情歌詠歡笑。詩中的自然之美，來自自然物象本身之美的客觀呈現，清風、明月、綠樹、思鳥都保持著原來的面目，自然與人同具「本位」意義，它們既不是詩人情感的投射，也未被任意裁奪，更無須為詩人代言。

考察了白居易「閑適」詩歌後可見在中唐「美不自美」的審美原則之下，在「以意為主」的一言以蔽之下，有一部分作品仍閃動著「美在自美，物皆自得」的光芒，這些詩歌不僅賦予自然風景主體性，客觀地呈現其中的風韻美感，甚至蘊含著人與自然皆為主體，彼此之間關係和諧，交互作用又互為依存的生態思維。也透過人自放於山水、化入自然的書寫，體現人性與自然在生態意義上的本質對應性。

六　結論

生態文學有廣義、狹義之別，狹義的生態文學可歸納為「古代樸素的生態文學」和「近現代意識的生態文學」兩類。借鑑生態學的觀點，以生態思維為研究方法將白居易〈祗役駱口，因與王質夫同遊秋山，偶題三韻〉等十三首「閑適」詩歌攬入其中加以考察、解讀，可以看見詩人與自然景物的和諧關係；就生態哲學的立場來看，詩人對自然景物的愛好與神往，也體現人性與自然在生態意義上具有本質呼應的一面，因此，白居易此類作品具有生態意蘊，可視爲「古代樸素的生態文學」，是「盛唐與中唐在美學趣味上的最重要區別，就在於盛唐人審美上堅持了生態本位觀」此大原則之下的例外之作。

附件一

白居易集卷第五　閑適一　古調詩　凡五十三首

詩題	內容
常樂里閑居，偶題十六韻，兼寄劉十五公輿、王十一起、呂二炅、呂四熲、崔十八玄亮、元九稹、劉三十二敦質、張十五仲方。時爲校書郎	表白閑居心情，寄贈友人
答元八宗簡同遊曲江後明日見贈	寫曲江遊後心緒
感時	表用舍行藏的人生哲理
首夏同諸校正遊開元觀，因宿玩月	寫開元觀月夜歌飲之樂
永崇里觀居	表寡欲少病，樂天無憂之心志
早送舉人入試	寫歸山之情
招王質夫　自此後詩，爲盩厔尉時作	邀友
祗役駱口，因與王質夫同遊秋山，偶題三韻	寫秋山美景

見蕭侍御憶舊山草堂詩，因以繼和	讀蕭侍御憶山詩見歸山之志而和
病假中南亭閑望	表官事役身之感懷
仙遊寺獨宿	寫遊宿靜境的閑適之情
前庭涼夜	涼夜即景感懷
官舍小亭閑望	表述超塵高志
早秋獨夜	寫秋夜眠覺見聞
聽彈《古淥水》 琴曲名	聞琴有感
松齋自題 時爲翰林學士	表述方寸空虛，非智非愚之情
冬夜與錢員外同直禁中	禁中當班紀事
和錢員外禁中夙興見示	禁中當班紀事
夏日獨直，寄蕭侍御	表述虛靜無累的心志
松聲 修行里張家宅南亭作	寫月夜聞松聲，心體俱翛然
禁中	修心不必在深山
贈吳丹	推崇吳丹進退自由，表述與之同遊心願
初除戶曹，喜而言志	視榮華爲浮物，但求免於飢寒

附件二

白居易集卷第五　閑適一　古調詩　凡五十三首

詩題	內容
秋居書懷	寫安貧知足
禁中曉臥，因懷王起居	靜境懷友
養拙	寫修養質樸之性的人生哲理
寄李十一建	訪友感懷
旅次華州，贈袁右丞	頌揚袁滋功在華州
酬楊九弘貞長安病中見寄	慰問病中友人
禁中寓直，夢遊仙遊寺	夢懷仙遊寺
贈王山人	求長生不如無生以得涅槃
秋山	掩關秋山，脫解塵網
贈能七倫	爲能倫懷才不遇抱屈
題楊穎士西亭	寫登亭體道之樂

題贈鄭秘書徵君石溝溪隱居 鄭生嘗隱天臺，徵起而仕。今復謝病，隱於此溪中	鄭徵君辭官歸山，贈之以詩
及第後歸覲，留別諸同年	及第歸鄉留別之作
清夜琴興	寫秋夜興琴之閑適
傚陶潛體詩十六首	仿效陶淵明詩，或借酣飲以忘憂，或懷故交

附件三

白居易集卷第六　閑適二　古調詩五言　自兩韻至一百三十韻凡四十八首	
詩題	**內容**
自題寫眞 時為翰林學士	表白歸山之志，寄贈詩友
遣懷 自此後詩，在渭村作	寫超越名器，身窮心泰
渭上偶釣	借垂釣詠人生哲理
隱几	寫槮几坐忘
春眠	寫春眠之樂

閑居	表述閑適勝於富貴
夏日	中心無繫，自適自在
適意二首	離京歸田，自適無憂
首夏病間	無憂無疾，泰然自適
晚春沽酒	寫酣飲
蘭若寓居	寄居蘭若，行止自由瀟灑
生訪宿	記友人來訪
聞庾七左降因詠所懷	以外物不可必，中懷須自空勸慰庾玄師
答卜者	寫心無所求
歸田三首	寫歸田躬耕，不繫榮辱
秋遊原上	寫田園美好的人情、景致
九日登西原宴望 同諸兄弟作	重陽同諸兄弟登高宴飲
寄同病者	以時命蹉跎，非己獨有自我寬慰
遊藍田山卜居	求居幽僻之地
村雪夜坐	寂寞雪夜，坐聞殘雁聲

東園玩菊	酌酒賞菊
觀稼	見農家勞碌辛苦，自慚飽食無勞
聞哭者	世人多夭，年過不惑理當知足
新構亭臺，示諸弟姪	寫亭臺中的閑適之樂
自吟拙什，因有所懷	詩成而無知音，懷想元稹
東陂秋意寄元八	獨行陂畔，思懷故交
閑居	抒發閑居寂寞之情
詠拙	知拙安貧，優遊終身
詠慵	寫慵懶
冬夜	寫新雪夜半起身獨坐之感懷
村中留李三宿　固言	邀李固言留宿以對酌談心

附件四

白居易集卷第六　閑適二　古調詩五言　自兩韻至一百三十韻凡四十八首

詩題	內容
友人夜訪	記友人夜訪
遊悟眞寺詩一百三十韻	寫悟眞寺及其周遭景色
酬張十八訪宿見贈　自此後詩，爲贊善大夫時所作	感佩張籍雪中送炭的情誼
朝歸書寄元八	自訴自適之意於故交
酬吴七見寄	以心遠地自偏回覆、寬慰友人來信
昭國閑居	官閑處僻以養其眞
喜陳兄至	記陳兄到訪之樂
贈杓直	表述由道而禪之歷程
寄張十八	邀張籍
題玉泉寺	寫清淨之心

朝迴遊城南	寫朝退遊於郊野，記閑適出塵之樂
舟行　江州路上作	舟行感懷
湓浦早冬	借潯陽景物，懷想長安
江州雪	寫見新雪飄墜之感懷

附件五

白居易集卷第七　閑適三　古調五言　五十八首	
詩題	**內容**
題潯陽樓　自此後詩，江州司馬時作	登臨潯陽樓題詩
訪陶公舊宅　並序	詠陶潛不慕榮利，心嚮往之
北亭	閑居北亭自適自在
汎湓水	寫湓浦美景足以遣憂
答故人	自我寬慰以告故交
官舍內新鑿小池	寫簾下小池之美

宿簡寂觀	投宿簡寂觀，泯其塵機
讀謝靈運詩	評謝靈運詩，即事興論
北亭獨宿	寫夜半獨覺所見
約心	約束本心，歸於安靜恬淡
晚望	記高亭望遠
早春	早春閑適之情
春寢	春寢所生今不如昔之慨
睡起晏坐	春暮晝眠新覺，淡寂坐忘
詠懷	爲世所薄，閑情得遂
春遊二林寺	詠二林寺隱者以抒懷
出山吟	遊宿山中，心期重遊
歲暮	寫捨棄名宦之心，結廬隱逸之志
聞早鶯	借鶯鳴之聲，書忠直見黜之嘆
栽杉	以杉喻人，寫人世的境遇
過李生	訪隱者與之交遊

詠意	與時浮沉於潯陽，以「貧賤得自由」自我寬慰
食弦	詠江州春筍
遊石門澗	寫石門秋澗空自潺湲，託其感懷

附件六

白居易集卷第七　閑適三　古調五言　五十八首

詩題	內容
招東元	邀鄰飲酒夜話
題元十八溪亭　亭在廬山東南五老峰下	寫造訪元集虛隱逸生活之感懷
香鑪峰下新置草堂，即事詠懷，題於石上	寫歸山隱逸生活
草堂前新開一池，養魚種荷，日有幽趣	寫白家池之美
白雲期　黃石巖下作	表述歸隱之志
登香鑪峰頂	登頂香鑪峰，遂有羈絆之嘆，出塵之思
答崔侍郎、錢舍人書問，因繼以詩	答故交心性休養之問

烹葵	朝食秋葵，超越常人以榮爲是，視衰爲非的成見
小池二首	閑賞小池之美，再談隱逸之志
閉關	表述趨時不如安閑之人生哲理
弄龜、羅	表述對晚輩的慈愛之情
截樹	持斧截樹以全山色
望江樓上作	憑高望遠，以閑適自我寬慰
題座隅	座旁題詩，自期知足、不起塵妄之心
昔與微之在朝日，同蓄休退之心。迨今十年，淪落老大，追尋前約，且結後期	邀元稹休退後同歸山林隱居
垂釣	江邊垂釣，興發人生無常之嘆
晚燕	以燕失時喻人世徒勞無功事
贖雞	仁信及於雛雞，遂贖放之，不圖回報
秋日懷杓直　時杓直出牧澧州	秋暮獨步江邊，值清景以懷故交
食後	食罷睡覺，自期無憂無樂
齊物二首	闡述自然萬物，長短各有其分之理

附件七

白居易集卷第七　閑適三　古調五言　五十八首

詩題	內容
山下宿	獨宿山下，夜聞水碓舂搗雲母之聲
題舊寫眞圖	寫年華徒逝，功名無成
閑居	幽獨自適之情
對酒示行簡	手足對酌，表述終老不相離的願望
詠懷	知分知足，窮退而不憂戚
夜琴	弄琴自娛自足
山中獨吟	吟詠新作以自賞
達理二首	聞達人語理，養浩然以對時命
湖亭晚望殘水	寫登亭望湖所見美好奇觀
郭虛舟相訪	記道士訪宿

附件八

白居易集卷第八　閑適四　古調詩　五言七言　五十七首	
詩題	內容
長慶二年七月自中書舍人出守杭州，路次藍溪作	表白榮辱齊一及赴任途中對出守杭州的美好想望
初出城留別	去京，辭別親友，以心安是歸處自我表白
過駱山人野居小池　駱生棄官居此二十餘年	稱揚駱峻能安置心身，超拔塵俗
宿清源寺	重宿清源寺，有感於時移物換，隨緣以對
宿藍橋對月	清影當前，以茶代酒賞之
自望秦赴五松驛，馬上偶睡，睡覺成吟	馬上偶睡，醒覺百齡同一寐
鄧州路中作	去鄉自苦，濟世無益之嘆
朱藤杖紫驄吟	寫宦途流寓之悲慨
桐樹館重題	嗟嘆物換人非
過紫霞蘭若	寫三過紫霞佛寺感懷
感舊紗帽　帽即故李侍郎所贈	睹物思人，悼念李建

思竹窗	思憶新昌里故宅
馬上作	回顧宦途浮沉，寄望杭州新生活
秋蝶	詠秋蝶以明氣類相從之理
登商山最高頂	未能自免於塵囂，感慨來去云云
枯桑	詠枯桑以喻憂者自我焦灼之苦
山路偶興	赴杭州途經山路，以山水佳景自我寬慰
山雉	詠山雉寓適性全生之理
初下漢江，舟中作，寄兩省給舍	以赴任杭州後勤政恤民，任滿後退隱山林自期
自蜀江至洞庭湖口，有感而作	頌揚大禹治水功績，展現疏流決壅爲民謀利之擘畫與決心

附件九

白居易集卷第八　閑適四　古調詩　五言七言　五十七首

詩題	內容
初領郡政，衙退，登東樓作　自此後詩，到杭州後作	公餘之暇，登樓遠望山光水色，煩襟滯念一掃而盡
清調吟	寫時命無常難料，委順以對之人生哲理
狂歌詞	勸人飲酒盡歡
郡亭	遊賞虛白亭，領受囂靜得中，非忙非閑之樂
詠懷	表述見道之人，觀心不觀跡
立春後五日	寫季節更迭的感懷
郡中即事	寫杭州春日閑適之情，對比京城競逐名利之日，遂有達官顯要恐非眞實富貴之反思
郡齋暇日，辱常州陳郎中使君《早春晚坐水西館書事詩十六韻》見寄，亦以十六韻酬之	酬常州刺史，以安身冥心期許之

官舍	寫太守宅邸內的閑適與天倫之樂
吾雛	寫對幼女阿羅的慈愛與期許
題小橋前新竹招客	寫新竹之美，邀友共賞
病中逢秋，招客夜酌	秋夜病間邀友夜酌
食飽	寫食飽睡足之閑適
嚴十八郎中在郡日，改制東南樓，因名清輝，未立標牓，徵歸郎署。予既到郡，性愛樓居，宴遊其間，頗有幽致。聊成十韻，兼戲寄嚴	寫清輝樓看山、待月、聽琴、觀舞之妙，寄予嚴休復
南亭對酒送春	南亭獨飲半酣長歌以求自解
玩新庭樹，因詠所懷	得居幽閑之境，無須歸山亦能隱逸
仲夏齋戒月	記仲夏三齋月禁斷葷血，四體輕便之感
除官去未間	除官將去未去之時，恣意賞玩自然山水，書寫隨遇而安之情

附件十

白居易集卷第八　閑適四　古調詩　五言七言　五十七首	
詩題	內容
三年爲刺史二首	調任左庶子辭別杭州前，檢視政績、表述爲官清白之作
別萱桂	辭別杭州
自餘杭歸，宿淮口作	寫返歸洛陽途中，自足自得之情
舟中李山人訪宿	歸洛途中，道士夜訪，默然相笑，心適而忘心
洛下卜居	寫鬻馬購宅以置華亭之鶴、天竺之石
洛中偶作　自此後在東都作	洛中狂放爲詩，藉以釋憾、追補亡闕
贈蘇少府	對蘇少府表述相見恨晚，相知相惜之情
移家入新宅	寫入居新宅之適
琴	借物抒情
鶴	詠鶴

自詠	表述對飲酒、入眠、寫詩此任性閑適生活的堅持
林下閒步，寄皇甫庶子	寄詩皇甫鏞表白幽獨之心
晏起	寫晏起閑適滋味
池畔二首	言整建西廊之池以爲待月、賞波之所
春葺新居	新居修葺紀事
贈言	勸勉以言——流光易逝，盡傾懷抱
汎春池	寫池陂之美、閑適之情

注釋

註一　吳明益：《迷蝶誌》（臺北市：夏日出版社，二〇一〇年），頁一四〇－一四七。

註二　王家祥：《自然禱告者》（臺中市：晨星出版社，一九九二年），頁五九－六〇。

註三　王志清：《盛唐生態詩學》（北京市：北京大學出版社，二〇〇七年），頁八。

註四　周何總：《國語活用辭典》（臺北市：五南圖書出版公司，一九九〇年），頁一二三五。

註五　方軍、陳昕：〈論生態文學〉，《中南民族大學學報》（人文社會科學版）二〇〇三年第二期（二〇〇三年三月），頁一四一。

註　六　張曉琴：〈論生態文學的內涵與特徵〉，《徐州師範大學學報》（哲學社會科學版）二〇〇六年第六期（二〇〇六年十一月），頁二七－三〇。

註　七　薛敬梅：〈詩意回歸的呼喚——論生態文學的主題蘊含〉，《武夷學院學報》二〇〇八年第三期（二〇〇八年六月），頁三五－三九。

註　八　王志清：《盛唐生態詩學》（北京市：北京大學出版社，二〇〇七年）。

註　九　曹瑞娟：《宋代生態詩學研究》（蘇州市：蘇州大學中國古代文學研究博士論文，二〇〇九年）。

註　十　代迅：〈走向生態詩學：中國現代詩學一個可能的突破方向〉，《西南大學學報》（社會科學版）二〇一〇年第一期（二〇一〇年一月），頁三〇。

註十一　同註三，頁二。

註十二　同註三，頁二。

註十三　同註三，頁九。

註十四　同註三，頁九－一〇。

註十五　詳見王志清：〈盛唐山水詩群落的自然生態觀及生存狀態〉，《學海》第四期（二〇〇二年），頁一七三－一七四。

註十六　同註三，頁十一－十二。

註十七　引述文字如下：「盛唐人追求象外之旨以不破壞物象本身的特點爲原則。而中唐人求象外之旨則不再顧照物象本身的特點，對物象任意裁奪。這一轉變就是從杜甫開始的。」見吳相

註十八　洲：《唐詩十三論》（北京市：學苑出版社，二〇〇二年），頁二〇九，行二五－二八。

王志清：〈「美不自美」：中唐詩美的人化自然特徵〉，《江淮論壇》二〇〇四年第六期，頁一三一－一三四。

註十九　王志清：《盛唐生態詩學》（北京市：北京大學出版社，二〇〇七年），頁一五一。

註二十　七十一卷之後有外集上、下兩卷，上卷詩詞，下卷文。

註二一　各題內容的表列請參考附件。

註二二　張曉琴〈論生態文學的內涵與特徵〉提到：「人物在作品中起主宰作用，環境只是一種背景，一種襯托，乃至一種輔助手段。這類作品雖然也描寫環境，但它不是生態文學。」同註六，頁二八。本文在歸納白居易閑適詩作時借鑑其說進行詩歌類別的判定。

註二三　〔唐〕白居易著，顧學頡校點：《白居易集》（北京市：中華書局，一九七九年），卷五，頁九四。

註二四　同註二三，卷七，頁一二九－一三〇。

註二五　同註二三，卷六，頁一二七。

註二六　同註二三，卷五，頁九七。

註二七　〈官舍內新鑿小池〉，同註二三，卷七，頁一三〇。

註二八　〈草堂前新開一池，養魚種荷，日有幽趣〉，同註二三，卷七，頁一三七。

註二九　同註二三，卷七，頁一三九。

註三十　同註二三，卷五，頁九二－九三。

「一切禽鳥皆能言」
——論唐宋詩中的代物立言之體物想像

普義南（註一）

摘要

在中國文化精神中，人與自然的關係是融洽和諧的，自然是文人們探究宇宙、理解人生、認識自我的對象，也是他們思維模式、理想建構、創造靈感的啓導物。自然作爲吟詠之客體，可分爲無意識的山川植物或有意識的飛禽走獸，飛禽走獸本不能人言，但在詩歌之中卻不乏代物立言的表現手法，利用對面著筆，或徵引或設想鳥獸之言，使得吟詠者與吟詠對象在作品中產生對話關係，此主客體的互涉，亦是人對自然的想像置入。本文即擬以唐宋時期代物立言的詠物（飛禽走獸）詩歌作品爲研究對象，探討其寓言體與詠物傳統的關聯，以及代言書寫的表現張力，進而揭示唐宋詩歌寫物體物中所寄寓之生態觀與文化底蘊。

關鍵詞

寓言詩、詠物詩、代言、敘事理論、生態觀

一　前言

宋人晁沖之在〈送一上人還滁州琅琊山〉詩中有云「無邊草木悉妙藥，一切禽鳥皆能言」（註一），但僅是以「大塊假我以文章」的思路，回覆上人法一的問作詩心法，意即草木、禽鳥皆可做爲詩材，爲詩人所驅使，並不代表禽鳥眞能言人所言，說出「人話」。但進一步來看，詩作爲抒情主體的外現，難道不行化不可能爲可能，讓人以外的生物或非生物，成爲詩中的敘事者？如漢樂府〈枯魚過河泣〉：

枯魚過河泣，何時悔復及？作書與魴鱮，相教愼出入。（註二）

一隻死去的魚可以哭泣、可以追悔，甚至還可以寫信魴、鱮其他魚類，警告牠們勿重蹈覆轍，無怪沈德潛評曰「漢人每有此種奇想」。「奇想」正是詩歌生命力的展現，黃永武曾言：

詩是語文中最洗煉最美的精華，將日常語言提煉成散文，已經如沙中撿金，而詩則更需洗盡陳腔濫調，才能創造雋句與詩境。詩人應該運用他敏銳的感受力與覺察力，致力於語言與想像的新生，使許多舊陳而缺乏朝氣的日常語言所不能表現的事物形象，用新鮮

的語言寫出來，使讀者在意外的驚愕中，享受詩的快感。（註四）

「奇想」可以透過語言形式特殊組合，如杜甫「香稻啄餘鸚鵡粒」（〈秋興〉八首之八）的倒裝；也可以透過出人意表的聯想，如李賀「羲和敲日玻璃聲」（〈秦王飲酒〉）的曲喻；也可以像〈枯魚過河泣〉在題材與敘事手法，讓讀者感到不可思議的「驚愕」。

在中國文化精神中，人與自然的關係是融洽和諧的，自然是文人們探究宇宙、理解人生、認識自我的對象，也是他們思維模式、理想建構、創造靈感的啓導物。自然作爲吟詠之客體，可分爲無意識的山川植物或有意識的飛禽走獸，飛禽走獸本不能人言，但在寓言詩、詠物詩之中卻不乏代物立言的表現手法，利用對面著筆，或徵引或設想鳥獸之言，使得吟詠者與吟詠對象在作品中產生對話關係，此主客體的互涉，亦是人對自然的想像置入。最早鳥獸在文學中以人言方式發聲，除了《詩經．豳風．鴟鴞》以及漢樂府〈枯魚過河泣〉、〈雙白鵠〉外，大多集中在諸子寓言、史傳寓言中，很少用在語言較爲精練的詩歌中，正如黃瑞雲所說：

就語言形式而論，寓言有散文體寓言和詩體寓言。西方有專門的寓言詩人、寓言詩集，而中國古代只是詩人偶爾也寫寓言詩，卻沒有專門的寓言詩人，自然也就沒有寓言詩集。而且中國古代的寓言詩往往缺乏足夠的情節（即使有也就是比較概略的、簡略

的），很少有角色的對話。（註五）

寓言就是有寓意的故事，我們會把寓言與鳥獸說人言的表達方式結合，詩中鳥獸說人言，定然存在某一事件或情節，兼有不得不藉物立言的寓意。學界對於寓言詩的研究很少（註六），以專書方式論述的只有林淑貞《中國寓言詩析論》，書中對於寓言詩的敘事模式與敘事視角，有很詳細的論述分析，但未曾著力寓言詩中角色對話，甚至代鳥獸立言的敘述聲音分析。

因此本文即擬以唐宋時期代飛禽走獸立言詩作爲研究對象，包含「鳥言（鳥作人言）」（註七）、「獸言（獸作人言）」二種，出於詩人設身處地、想像生發爲鳥獸譯作人言，重在創作者與所詠鳥獸客體的所塑造角色對話，以及類寓言的敘事情境。屏除通篇以第一人稱創作之詠物詩作，以及在鳥言、獸言前冠以「如」、「應」、「似」等臆測性的作品（詳見第二節詩例說明）。選取範圍以《全唐詩》爲主，兼及宋名家詩作，《全唐詩》「鳥言」共十一家十四篇十種、「獸言」共三家三篇一種，詩作詳見附錄。宋名家詩作則有陸游〈山頭鹿〉、梅堯臣〈猛虎行〉、孔平仲〈述鷗〉三篇。數量不多，眞如張高評所言「宋以後則禽言詩之創作蔚然成風，而鳥言詩仍依然寥寥可數」（註八）。文中首先探討其表現方式與表現張力；其次從創作者（人）出發，揭示這類型詩作中託物諷諭與藉事寓理的內容；最後再從代言者（人）與被代言者（鳥獸）的系聯關係，揭示唐宋詩歌寫物體物中所寄寓之生態觀與文化底蘊。

二　敘述手法：敘述聲音與表現張力

《韓非子．說林》有一則寓言：

> 澤涸，蛇將徙，有小蛇謂大蛇曰：「子行而我隨之，人以爲蛇之行者耳，必有殺子者，子不如相銜負我以行，人必以我爲神君也。」乃相銜負以越公道而行，人皆避之曰：「神君也。」（註九）

寓者寄也，用《莊子．寓言》的話就是「藉外言之」（註十），「外」指故事敘述，相對的「內」則爲故事寓意。這段話在《韓非子》裡是鴟夷子皮對田成子所說，當時鴟夷子皮跟隨田成子離齊去燕，路途要欺人耳目，因此提出調動主從關係的建議。田成子即齊相田常，鴟夷子皮則是范蠡的化名。田成子後面跟著隨從是正常之事，但若以田成子這樣知名的人爲隨從，那被跟隨者必貴不可言。就像故事中澤涸之蛇相銜負一樣。這則寓言之「外」、「內」，其實談的都是一種用詭之道，習見的事情、平直的敘述，不能帶給人們（讀者）深刻印象，但在事實未改變的狀況下，變化表現方式，卻足以驚眩世人，訝道「神君者」！正如成玄英在《莊子．寓言》疏云：

寓，寄也。世人愚迷，妄爲猜忌，聞道己說，則起嫌疑，寄之他人，則十言信九矣。故鴻蒙、雲將、肩吾、連叔之類，皆寓言耳。（註十一）

利用人們（讀者）喜好新奇的心理，敘述者致力語言與想像的新生、變化，可以讓所欲傳達之意，更有效率地影響人們（讀者）。如同我們在唐宋寓言詩與詠物詩裡，看到詩中敘述者讓位給飛禽走獸發聲，以違理、突變的方式，婉曲卻更有效率地帶出作者想法，可稱爲一種特殊的敘述策略。

敘述者以話語的形式在講述故事的同時也在表現著自身。他對怎樣講述故事、講述誰的故事，以及向誰講故事享有充分自由的選擇權，他既可以以「我」的姿態出現，也可以以充滿感情色彩的詞語表現自己的存在；他既可以對故事中的人物指點評價，也可以把自己深深隱藏得不露痕跡，就便是所謂的敘述策略。（註十二）

在談敘事策略之前，要說明的是本文引進敘事理論，其原因在於唐宋詩裡出現飛禽走獸的「聲音」（人言），其內語境必然存在某種「事件」或「情節」。（註十三）所謂內語境是指作品文字所述塑造的語言環境，是文本自身由上下文脈或用字遣詞所構造的情境。比如唐人王建

〈精衛詞〉：

> 精衛誰教爾填海，海邊石子青磊磊。但得海水作枯池，海中魚龍何所為。口穿豈為空銜石，山中草木無全枝。朝在樹頭暮海裏，飛多羽折時墮水。高山未盡海未平，願我身死子還生。（註十四）

詩中「聲音」有二，一是對精衛鳥「誰教爾填海」發問者，二是回答「高山未盡海未平，願我身死子還生」的精衛鳥。在此詩內語境裡可以看到一問一答中時空遞進，因此具備「某一狀態向另一狀態轉化」的「事件」，以及「由一系列的事件組構而成」的「故事」要素（註十五）。依熱奈特（Genetee）敘事理論來看，敘事包含敘述（能指）與故事（所指），敘述是故事的講述行為，故事是敘述的講述內容（註十六），而敘事理論探討就是兩者關係以及內在意義。

所以敘述策略是敘述者可以選擇用何種方法來進行故事的講述行為，具體操作時敘述者在講述故事選擇以誰的眼光觀察世界，或以誰的口吻來說話、對誰說，其所選擇的角度，可概稱敘事視角。依祖國頌的整理，敘述視角強調是敘述行為發生時敘述主體、被述客體與接受主體三者間的相互關係，包含「敘述眼光」（誰在看）、「敘述聲音」（誰在說）、「敘述焦點」（看誰、說誰）、「敘述指向」（對誰說）（註十七）。以王建〈精衛詞〉「精衛誰教爾填海，海邊石子青磊磊」前兩句來看，「敘述眼光」、「敘述聲音」是屬於對精衛鳥提問之人，「敘述指向」是精衛鳥，而「敘述焦點」則精衛鳥身上轉到海邊石子。本文討論的重點先放在「敘述聲音」，意即飛禽走獸等生物在唐宋詩中的發聲方式，以及敘述主（人）客（禽獸）轉換的表現張力。

在唐宋詩中飛禽走獸「敘述聲音」出現的方式，有下列幾種。首先它可以某敘述者（人）在敘述中為飛禽走獸作出的「代言」，如：

語「如」傷舊國春，宮花旋落已成塵。（唐・李益〈隋宮燕〉）

見人慘澹「若」哀訴，失主錯莫無晶光。（唐・杜甫〈瘦馬行〉）

聲中「如」告訴，未盡反哺心。（唐・白居易〈慈烏夜啼〉）

「若」教解語終須問，有底愁來也白頭。（金・元好問〈鴛鴦扇頭〉）

上述四例隋宮燕是能「語」的，瘦馬、慈烏是可「訴」的，鴛鴦（扇畫）是可「解語」的，當然敘述前提都是「轉化」修辭中「人性化原則」（註十八），意即把這些人以外的生物視作有人的感情、思維、話語能力來看待（註十九）。但在這四例中動物的「敘述聲音」似有還無，近似感受而非具體的話語。再看下列兩例：

百舌來何處，重重祇報春。知音兼眾語，整翮豈多身。花密藏難見，枝高聽轉新。過時如發口，君側有讒人。（杜甫〈百舌〉）

園中有鶴馴可呼，我欲呼之立坐隅。鶴有難色側睨予，豈欲臆對如鵬乎。我生如寄良畸孤，三尺長脛閣瘦軀。俯啄少許便有餘，何至以身爲子娛。驅之上堂立斯須，投以餅餌視若無。戛然長鳴乃下趨，難進易退我不如。（蘇軾〈鶴嘆〉）（註二十）

杜甫〈百舌〉前七句都是那位經過花叢只聽到百舌鳥叫聲，卻沒有見到百舌鳥的敘述者，但最後一句「君側有讒人」，雖然還是在「如」字下出現，卻是敘述者將百舌鳥的叫聲擬作具體的「人言」，受話者即是作者。蘇軾〈鶴嘆〉情況相同，「我生如寄良畸孤，三尺長脛閣瘦軀。俯啄少許便有餘，何至以身爲子娛」這四句敘述者（此處即作者）用「臆」字帶出，道出園鶴飼而未馴的傲骨，不似杜甫〈百舌〉由外在叫聲產生聯想，〈鶴嘆〉中的鶴語是內在思維的外現。但這一類型的動物聲音，因爲都只是敘述者想像模擬出來的，說話者、「敘述聲音」是單一的，表現張力有限。

張力由物理表面張力（Surface tension）一詞而來，本指如荷葉上的水珠或空中的雨滴形成球形液體表面的分子，向內部的吸引力大，故有減少表面分子數及減小表面積的趨勢。在音樂上則是指涉由一拉長、伸展的弦對施力者所做的反作用力，弦樂器就是靠調整弦的張力來調整其音高，並藉由震動弦發出聲響。此處用於詩歌批評上，意指詩的描述結構亦可藉由虛實（時空）、正反（意蘊），產生相反作用力緊繃、對比的效果。如前引王建〈精衛詞〉，發問者（人）對於精衛鳥「朝在樹頭暮海裏，飛多羽折時墮水」，將一生精力用銜石塡海上頗不以爲然，假設這是議論的正辯一方。那麼後面第二敘述者，也就是回答者（精衛鳥）並未順從發問者（人）的想法，其云「高山未盡海未平，願我身死子還生」，就像是提出了反辯一樣，我的執著並沒有需要他人認同，而且我的執著會繼續一代一代傳承下去。比起岑參「怨積徒有志，力微竟不成」（〈精衛〉）（註二一）、韓愈「豈計休無日，惟應盡此生」（〈學諸進士作精衛銜石塡海〉）（註二二）的單一議論，王建用虛擬式、戲劇式的方式讓兩種「敘述聲音」去辯證，表現的張力就較岑參、韓愈二作來的強烈，而王建最後也沒介入故事去評陟發問者（人）、回答者（精衛鳥）誰優誰劣，留給讀者許多想像空間。後世作者，如明遺民詩人顧炎武的〈精衛〉詩，很明顯是承繼王建表現方式：

> （發問者）萬事有不平，爾何空自苦，長將一寸身，銜木到終古。（回答者）我願平東海，身沉心不改，大海無平期，我心無絕時。（發問者）嗚呼！君不見，西山銜木眾鳥多，鵲來燕去自成窠。

顧炎武將王建〈精衛〉原本兩層的敘述結構推衍至三層，詩中發問者（人）的第二度出現的聲音似勸非勸，實際充滿對精衛鳥認同又惋惜的感情。

唐宋詩中如王建〈精衛詞〉寫出兩種以上「敘述聲音」者，還有李白〈山鷓鴣詞〉、宋人孔平仲〈述鷗〉、梅堯臣〈猛虎行〉，以及陸游〈山頭鹿〉，尤其是李白〈山鷓鴣詞〉，彷彿讓讀者看一齣小型的動物劇：

苦竹嶺頭秋月輝，苦竹南枝鷓鴣飛。嫁得燕山胡雁婿，欲銜我向雁門歸。山雞翟雉來相勸，南禽多被北禽欺。紫塞嚴霜如劍戟，蒼梧欲巢難背違。我今誓死不能去，哀鳴驚叫淚沾衣。

前二句點出時間地方，是不介入情節的主敘述者（此處即作者）所見、所言，這是第一種「敘述聲音」。再來三、四句是山鷓鴣自述，六、七、八句是山雞、翟雉警勸山鷓鴣的話，怕山鷓鴣離開溫暖的南方，嫁到酷寒的北地，會苦不堪言、有鄉難歸。「我今誓死不能去」，是山鷓鴣聽完山雞、翟雉的勸告後所下的結論。最後一句「哀鳴驚叫淚沾衣」，可視作主敘述者最後的紀錄。李白用很精簡的敘述文字，讓讀者看到動物互動，尤其將嫁最後卻不肯嫁山鷓鴣心境的轉折，充滿張力。

三　創作目的：託物諷諭與藉事寓理

《戰國策・楚策一》載楚宣王欲用昭奚恤制衡北方魏趙等國，詢問群臣意見，與昭奚恤意見不合的江乙，巧妙地用狐假虎威的故事以說楚王：

> 虎求百獸而食之，得狐。狐曰：『子無敢食我也。天帝使我長百獸，今子食我，是逆天帝命也。子以我爲不信，吾爲子先行，子隨我後，觀百獸之見我而敢不走乎？』虎以爲然，故遂與之行。獸見之皆走。虎不知獸畏己而走也，以爲畏狐也。（註一二二）

群獸不是怕狐狸，而是怕狐狸身後的老虎。江乙似褒實抑，減低楚王對昭奚恤的看重。上節提過敘述是故事的講述行爲，故事是敘述的講述內容，更重要的是故事寓意爲何。成玄英在《莊子・寓言》疏云：「聞道已說，則起嫌疑，寄之他人，則十言信九矣」，要讓讀者「十言信九」的不是故事本身，而是隱藏在狐狸背後的老虎，亦即企圖藉由故事傳達的意見、事理。是如王建〈精衛〉、李白〈山鷓鴣詞〉引述鳥獸「人言」，寫作題材對象是人之外的「物」，寫作內容是則這些人與鳥獸或鳥獸間發生的「事」，寫作意圖則是敘事寄寓的「意」。此「意」可以是向特定對象的譎諫諷諫，也可以是作者自身的悟理。

就寫作題材來看，鳥獸「人言」詩似屬詠物詩。寫作內容藉事寄寓，亦可歸於寓言詩。對於詠物詩與寓言詩之間的分判，本文採用林淑貞《中國寓言詩析論》的說法：

> 基本上，「託物言志」之詩，是藉由物象來表抒迂曲之意，此一物未必有一「故事」或「事件」以襯託旨意所在；而「寓言詩」必在「事件」或「故事」中構設其寓意所在。是故，二者分判之處在於有無簡型的「故事」或「情節」來表述。（註二四）

再者：

> 寓言詩在表述故事時，視角的決定往往是敘述者選擇與讀者距離之遠近。敘述者在敘寫寓言時，往往不會以自己眞實的身份表述，會托寄在其他人物中，無論是借用第一人稱觀點，或是第三人稱的全知觀點，或是集中某一敘述者的視角，或選定依托的某一歷史人物，或寄寓在某一動植物敘述觀點來傳達。（註二五）

因此從「物」（詠物）、「事」（敘事）、「意」（寓言）三端來看鳥獸「人言」詩作，它是包含「某一動物敘述觀點」的寓言詩，不一定爲詠物詩。說「包含」意指有「簡型的故事或情節來表述」的寓言詩中不一定出現多個「敘述眼光」（誰在看）、「敘述聲音」（誰在說），像王建〈精衛〉在人之外僅出現精衛鳥，但李白〈山鷓鴣〉卻出現山鷓鴣、山雞、翟雉。當然也可以是單一動物的敘述聲音，如白居易寫在〈問鶴〉之後的〈代鶴答〉：

烏鳶爭食雀爭窠，獨立池邊風雪多。盡日蹋冰翹一足，不鳴不動意如何。（〈問鶴〉）

鷹爪攫雞雞肋折，鶻拳蹴雁雁頭垂。何如斂翅水邊立，飛上雲松棲穩枝。（〈代鶴答〉）（註二六）

既然是「代鶴答」，所以後一首詩全部都可以當作是鶴的獨白，鶴的「敘述聲音」，是「某一動植物敘述觀點」去貫穿全篇。類似的寫法，白居易還有〈池鶴八絕句〉以雞、鶴、烏、鳶、鵝彼此問答成篇（註二七）。至於爲何說不一定詠物詩，因爲詠物詩是以物爲抒詠對象，在吟詠過程可採人的敘述觀點、物的敘事觀點，或者人與物對話，後兩者可能出現鳥獸「人言」。但非詠物的敘事詩，也可能出現鳥獸「人言」，只是筆者尚未找到詩例。

現實生活中鳥獸不能人言，詩中卻可以，人與鳥獸或鳥獸間發生的「敘述聲音」所組成寓言詩作，以故事爲寓體，故事所寄寓的意義，可以是諷諫、說理，或個人抒懷。諷諫一詞是有明確的指涉對象，是下級士民對上級執政者非直諫而爲婉曲勸喻的方式，如《詩大序》言

「風，風也，教也，風以動之，教以化之」、「上以風化下，下以風刺上。主文而譎諫，言之者無罪，聞之者足以戒，故曰風」（註二八）。東漢鄭玄箋云：「風化、風刺，皆謂譬喻不斥言也。主文，主與樂之宮商相應也。譎諫，歌詠依違，不直諫也」。鳥獸與諷諫的結合，最早如《詩經‧豳風‧鴟鴞》：

> 鴟鴞鴟鴞！既取我子，無毀我室！恩斯勤斯，鬻子之閔斯。迨天之未陰雨，徹彼桑土，綢繆牖戶。今女下民，或敢侮予。予手拮据，予所捋荼，予所蓄租；予口卒瘏：曰予未有室家。予羽譙譙，予尾翛翛，予室翹翹，風雨所漂搖。予維音嘵嘵。

文中敘述者不是鴟鴞，而是某個被鴟鴞強佔室家的弱鳥。其寓意據《毛序》云：「鴟鴞，周公救亂也，成王未知周公之志，公乃爲詩以遺王」（註二九），詩中鳥巢即周室，對鴟鴞呼告者的弱鳥爲周公，而鴟鴞則是指勾結武庚與淮夷準備叛亂的管叔、蔡叔。南宋陸游的〈山頭鹿〉也具諷諫意味：

> 呦呦山頭鹿，毛角自媚好，渴飲澗底泉，饑齧林間草。漢家方和親，將軍灞陵老。天寒弓力勁，木落霜氣早。短衣日馳射，逐鹿應弦倒。金盤犀筋命有繫。翠壁蒼崖灝如掃。

「何時詔下北擊胡，卻起將軍遠征討？泉甘草茂上林中，使我母子常相保」。（註三十）

此詩收在《劍南詩稾》卷二十九，爲陸游七十歲作，時距宋金和議已五十餘年。詩中故事寫的是漢匈和親，漢家將軍無可出擊，只能待在山上獵鹿，「翠壁蒼崖灝如掃」，鹿都快要被虛擲時光的將軍給獵光了，殘存的某隻母鹿不得不發聲抗議，希望漢廷再度下達北征匈奴的戰令，徵調將軍出擊，「使我母子常相保」。一生主張恢復中原的陸游，就連死前都還牽掛著：「王師北定中原日，家祭無忘告乃翁」（註三一），其寓意雖未在詩中明言，但很容易讓人理解這是借古寓今的寫作方法，藉由山頭鹿之語諷諫宋金和議之事。

以禽獸之言爲說理者，數量最多的就屬北宋梅堯臣〈禽言四首〉所開創的禽言體，自梅堯臣以後，蘇軾、黃庭堅、方岳、范成大、陸游、劉克莊、朱熹等人都有禽體詩作。但禽言詩基本不算是禽獸的「人言」，如錢鍾書所云：「詩人把禽鳥的叫聲作爲題材，模仿著叫聲給鳥兒一個有意義的名字，再從這個名字上引申生發，來抒寫情感，就是禽言詩」（註三二）。舉例來看，如蘇軾〈五禽言五首〉之二：

> 昨夜南山雨，西溪不可渡。溪邊布穀兒，勸我「脫破幔」。不辭脫幔溪水寒，水中照見催租瘢。（註三三）

〈五禽言五首〉前有序云：「余謫黃州，寓居定惠院。繞舍皆茂林修竹，荒池蒲葦。春夏之交，鳴鳥百族，土人多以其聲之似者名之，遂用聖俞體作〈五禽言〉」，蘇軾寓居黃州定惠院應於宋神宗三年（一〇八〇），雖甫從烏臺詩案脫身，在「水中照見催租瘢」句中，還是可以看到蘇軾對深受租賦之苦的農民之關懷，寓有諷諫。但詩中布穀鳥所云「脫破㡓」，蘇軾自註「土人謂布穀爲脫莬破㡓」，只是擬布穀鳥的聲音，聽者有意，說者無心。梅堯臣除了〈禽言四首〉，尚有〈猛虎行〉：

> 山木暮蒼蒼，風淒茅葉黃。有虎始離穴，熊羆安敢當！掉尾爲旗纛，磨牙爲劍鋩。猛氣吞赤豹，雄威懾封狼。不貪犬與豕，不窺藩與牆。當途食人肉，所獲乃堂堂。「食人既我分，安得爲不祥？麋鹿豈非命，其類寧不傷。滿野設罝網，競以充圓方。而欲我無殺，奈何饑餒腸！」

此詩雖非諫上，詩末透過老虎之語，反言以見義，卻充滿警世意味。朱東潤稱「從猛虎的吃人邏輯出發，譏刺辛辣，爲自古詩中所罕見」，同樣都是爲了塡補肚子，人（圓方）置罝網捕食麋鹿，老虎攔路吃人又有何不可？人不爲己天誅地滅，動物亦然。夏敬觀、朱東潤等人認爲此詩是針對呂夷簡謗陷歐陽脩、范仲淹事而作，但詩題、詩文中沒有明顯的線索可以坐實此說，若僅作警世之意亦未嘗不可，恃強淩弱，無顧道義者，會有更強者來欺凌，以此理循環，世間將歷劫難復，應反求諸己，有所省思。

四　文學新意：代言立言之體物想像

代言寫作，大致可分為「代人立言」、「代物立言」，何者較為難寫呢？《韓非子．外儲說左上》記載：

> 客有為齊王畫者，齊王問曰：「畫孰最難者？」曰：「犬馬最難。」「孰最易者？」曰：「鬼魅最易。夫犬馬，人所知也，旦暮罄於前，不可類之，故難。鬼魅，無形者，不罄於前，故易之也。」（註三四）

犬馬是有形之物，鬼是無形之物。畫有形之物，畫得像不像，容易被檢證，相對起來畫無從檢證的想像事物，比較容易。回到代言寫作上，「代人立言」正如梅家玲所言：

> 「代言」，則是「代人立言」，所代言的內容和形式俱無具體的規範可循，於是只能根據自己對所欲代言之對象的了解，以「設身處地」、「感同身受」的方式，來替他說

話。（註二五）

代言者對所代者了解從何而來呢？如果是可以直接接觸到的對象，當來自於親身的觀察、感受；如果是無法直接接觸的對象（如異世、異地之人物），那就只能憑藉其人的詩文著述和有關的史傳資料了。準此，則「代言」看似沒有具體成文的仿擬範式，但依然受到所代對象之性格特質、身世際遇的制約。（註二六）

不過是代言古人、代言今人，要「設身處地」想其所想，要仿擬語氣說其所說，必須建立在對所代言對象有充分的理解基礎上，像南朝宋謝靈運作〈擬魏太子《鄴中集》八首〉模擬兩百年前建安王粲、陳琳等八人之作，必須先熟讀《鄴中集》。南宋周濟在《絕妙好詞》卷七自作詞作中，模擬南宋辛棄疾、吳文英等十一人之作，也是建立在《絕妙好詞》前六卷對這十一人作品選錄研讀之上。相對起來爲人之外的生物、非生物代言，因爲物不能人言，一切出於想像，比較容易。

同樣「代物立言」，但物中也當有所區別，一般說來非生命之物、植物，是不會說話的，自身不具備語言能力，更遑論說出人言。作者移情於非生命之物、植物從事創作，這樣情感都是單向的，這些對象不可能有所回應。像曹植〈七步詩〉釜中豆子說話「本是同根生，相煎何太急」，除了當寓言詩看，完全沒有現實上的可能性。但詩人對禽鳥動物的體物想像，其態度是比較保守的：

千言萬語無人會，又逐流鶯過短牆。（唐．鄭谷〈燕〉）

鳥言我豈解爾意，綿蠻但愛聲可聽。（宋．歐陽脩〈啼鳥〉）

直須強學人間語，舉世無人解鳥言。（宋．王安石〈見鸚鵡戲作〉）

禽鳥動物有情感、有自己的傳意方式，就像我們旅行一個完全語言不通的國度一樣，就算有時受挫，但也是建立在企圖溝通的前提上。何況歷史上就曾記載眞的能懂動物語言者，如《周禮》秋官就有「夷隸」一職掌「役牧人養牛與鳥言」（註三七），《論語集解義疏》引《論釋》記載孔子女婿公冶長通鳥語（註三八），所以白居易在〈池鶴八絕句〉序云「余非冶長，不通其意。因戲與贈答，以意斟酌之」。又南朝宋劉義慶《幽冥錄》載：「晉兗州刺史沛國宋處宗嘗買得一長鳴雞，愛養甚至，恒籠著窗間。雞遂作人語，與處宗談論，極有言智，終日不輟。處宗因此言巧大進。」因此宋人劉敞〈養雞〉詩即云「蕭蕭風雨思君子，欲倚空窗聽爾談」。想用生命意識去連結與人類有傳意可能的動物，以動物爲受話者，在唐宋詩中屢屢可見：

如今漫學人言巧，解語終須累爾身。（唐・裴夷直〈鸚鵡〉）

幾行歸塞盡，念爾獨何之？（唐・崔塗〈孤雁〉）

歲晚江湖同是客，莫辭伴我更南飛。（宋・歐陽修〈江行贈雁〉）

主人厭兔爾尚飢，一生不悟爲人役。（宋・張耒〈籠鷹〉）

這些有生命、有情感卻不能人言的動物，詩人往往寄寓同類、友朋的感情。所以前兩節我們談敘述視角、談藉物寓意，都是從人的本位出發的，但體物想像則需要反向思考，正如梅家玲說代人立言會受到代言對象的性格特質、身世際遇制約，反之，從代言詩中不只要看代言者說得像不像，更可以著意代言對代言對象的接受。《詩經・豳風・鴟鴞》寫出弱鳥在天地之間，既受到鴟鴞天敵的傷害，又有人類的騷擾捕捉、惡劣天候「風雨所漂搖」，那樣焦急無奈、無可託寄，就是詩人體貼物情後接受到的弱鳥形象（註三九）。詩中流露對動物反傷害的意識，還有宋人孔平仲〈述鷗〉：

水濱老父忘機關，醉眠古石紅蓼間。綠波蕩漾意不動，白雲往來心與閑。有鷗素熟翁如此，命侶呼儔就翁喜。相親飲啄少畏避，自浮自沉不驚起。漁人窺之即謀取，手攜網羅來翁所。群鷗瞥見皆遠逝，千里翩翩一回顧。「鷗不薄翁翁勿疑，避禍未萌眞見機。漁人羅罔不在側，敢辭旦夕從翁嬉」。

題材來自《列子．黃帝》篇中：「海上之人有子歐鳥者，每旦之海上，從鷗鳥游，鷗鳥之至者百住而不止。其父曰：『吾聞鷗鳥皆從汝游，汝取來，吾玩之。』明日之海上，鷗鳥舞而不下也。」但寓言故事中的鷗鳥沒有說話，自然就避開人們的捕捉。而孔平仲更強調老翁與鷗鳥的情感聯繫，平日「命侶呼儔」已打破物種隔閡，就連最後要逃離前，也忍不住要解釋以寬慰老翁，怕其傷心。更約好漁人離開後再相見。詩中寓意固然是警世機心不可有，但敘述內容卻讓我們體會到鷗鳥對老翁的那份體貼，原是孔平仲觀物體物後對鷗鳥的體貼。

所以在蘇軾〈鶴嘆〉中鶴的養而不馴，其實傳達出生命之外還有尊嚴的重要，「投以餅餌視若無」，頗有不食嗟來食的味道；王建〈精衛詞〉雖然精衛鳥是想像出來的，但這樣對抗不成比例的強敵之弱鳥形象，可與《詩經．豳風．鴟鴞》互相參看，「高山未盡海未平，願我身死子還生」，精衛鳥的回答反而透顯人類勸誡的鄉愿、自以爲是；白居易的〈代鶴答〉「鷹爪攫雞雞肋折，鶻拳蹴雁雁頭垂」，寫出鶴的兔死狐悲之感，也寫出生物界生存的緊張；南宋陸游的〈山頭鹿〉也是如此，寓意重點雖在將軍的投閒置散，但「使我母子常相保」中，詩人也看到了人類補獵行爲活生生拆散、迫害了動物家庭，在主戰的題旨下，無形也流露詩人自己都未察覺的反戰、反傷害的意識；而梅堯臣〈猛虎行〉在批評道亦有道的惡人邏輯時，「食人既我分，安得為不祥」，其實也跳不出這樣相害的邏輯困境，反觀唐人儲光義的〈猛虎行〉要求老虎體會「人血豈不甘，所惡傷明神」（註四十），才眞的是一廂情願、屬於人類自己的極惡邏輯。

五　結論

中國古代詩歌既要言志、要面對當下，又要對語言有所冒險，敢於在「合道」的最終目的下作出「反常」、實驗性的突破之表現手法。而唐宋時期作為我國詩歌發展的頂峰，無論詠物、寓言、敘事各式題材都有顯著發展，在此創作氛圍下，我們去看鳥獸能言的詩作，多出現在詠物詩之中，人與動物、動物與動物不同「敘述聲音」又組成了有寓意的故事。詩人用精練的語言，具體而微，展顯有如唐傳奇〈南柯太守〉、宋傳奇〈烏衣傳〉那樣的動物說著人言、做著人事的充滿戲劇性的奇幻世界。正如「反常合道」，詩人營造看似不可思議的禽言、獸言世界的背後，其實隱藏代言者對所代言之物的體察、體悟。詩人主觀的寓意之外，故事內語境與外語境有著辯證性的依存關係。故事是虛擬、是幻想，是有所寄寓，但故事所流露出詩人體物觀察，卻又與唐宋時期的生態環境、生態觀念緊緊相繫。無論是王建〈精衛詞〉、蘇軾〈鶴嘆〉、白居易〈代鶴答〉、陸游〈山頭鹿〉、梅堯臣〈猛虎行〉、孔平仲〈述鷗〉等作品，物我不同的敘述聲音，都有著對動物情感、思維多面向的思索與互動。

學界對代動物立言的詩作，只在詠物詩、寓言詩、敘事詩的研究中偶然提之，未有專文討論，本篇論文作爲該領域的初探成果，無論在理論或材料上闕漏甚多，外部如唐宋詠物賦、傳奇、寓言文與該議題的互涉、生態紀錄資料，內部如詩歌中樂府、古體、近體各體式，對代動物立言寫作制約或形成的特殊美感效果之不同，亦未及深論（註四一），尚有待努力，並祈方家不吝指正。

附錄：《全唐詩》中「鳥言」、「獸言」詩

（一）鳥言詩

鮑　溶　〈鳴雁行〉，卷二五頁三三七（註四二）

七月朔方雁心苦，聯影翻空落南土。八月江南陰復晴，浮雲繞天難夜行。羽翼勞痛心虛驚，一聲相呼百處鳴。楚童夜宿煙波側，沙上布羅連草色。月闇風悲欲下天，不知何處容棲息。楚童胡爲傷我神，爾不曾作遠行人。江南羽族本不少，寧得網羅此客鳥。

李　嶠　〈鷓鴣〉（一作韋應物詩），卷五七頁六八八

可憐鷓鴣飛，飛向樹南枝。南枝日照暖，北枝霜露滋。露滋不堪棲，使我常夜啼。願逢雲中鶴，銜我向寥廓。願作城上烏，一年生九雛。何不舊巢住，枝弱不得去。何意

道苦辛，客子常畏人。

李　嶠　〈雁〉，卷六十頁七一九

春暉滿朔方，歸雁發衡陽。望月驚弦影，排雲結陣行。往還倦南北，朝夕苦風霜。寄語能鳴侶，相隨入帝鄉。

王　維　〈黃雀癡〉，卷一二五頁一二六〇

黃雀癡，黃雀癡。謂言青鷇是我兒，一一口銜食。養得成毛衣，到大啁啾解游颺。各自東西南北飛。薄暮空巢上。羈雌獨自歸。鳳凰九雛亦如此。慎莫愁思憔悴損容輝。

李　白　〈山鷓鴣詞〉，卷一六七頁一七二九

苦竹嶺頭秋月輝，苦竹南枝鷓鴣飛。嫁得燕山胡雁婿，欲銜我向雁門歸。山雞翟雉來相勸，南禽多被北禽欺。紫塞嚴霜如劍戟，蒼梧欲巢難背違。我今誓死不能去，哀鳴驚叫淚沾衣。

李　白　〈觀放白鷹〉二首之二，卷一八三頁一八六九

寒冬十二月，蒼鷹八九毛。寄言燕雀莫相啅，自有雲霄萬里高。

李　益　〈登白樓見白鳥席上命鷓鴣辭〉，卷二八三頁三二二一

一鳥如霜雪，飛向白樓前。問君何以至，天子太平年。

王　建　〈精衛詞〉，卷二九八頁三三七七

精衛誰教爾塡海，海邊石子青磊磊。但得海水作枯池，海中魚龍何所爲。口穿豈爲空銜石，山中草木無全枝。朝在樹頭暮海裏，飛多羽折時墮水。高山未盡海未平，願我身死子還生。

元　稹

〈雉媒〉，卷三九六頁四四五二

雙雉在野時，可憐同嗜欲。毛衣前後成，一種文章足。一雉獨先飛，衝開芳草綠。網羅幽草中，暗被潛羈束。剪刀催六翮，絲線縫雙目。啖養能幾時，依然已馴熟。都無舊性靈，返與他心腹。置在芳草中，翻令誘同族。前時相失者，思君意彌篤。朝朝舊處飛，往往巢邊哭。今朝樹上啼，哀音斷還續。遠見爾文章，知君草中伏。和鳴忽相召，鼓翅遙相矚。畏我未肯來，又啄翳前粟。斂翮遠投君，飛馳勢奔蹙。罥挂在君前，向君聲促促。信君決無疑，不道君相覆。自恨飛太高，疏羅偶然觸。看看架上鷹，擬食無罪肉。君意定何如，依舊雕籠宿。

白居易

〈池鶴〉二首之二，卷四四九頁二〇六六

池中此鶴鶴中稀，恐是遼東老令威。帶雪松枝翹膝脛，放花菱片綴毛衣。低迴且向林間宿，奮迅終須天外飛。若問故巢知處在，主人相戀未能歸。

鮑　溶

〈鶯雛〉，卷四八七頁五五三五

雙鶯銜野蝶，枝上教雛飛。避日花陰語，愁風竹裏啼。須防美人賞，爲爾好毛衣。

曹　唐〈小遊仙詩〉九十八首之六十五，卷六四一頁七三五〇

水滿桑田白日沈，凍雲乾霰溼重陰。遼東歸客閒相過（註四三），因話堯年雪更深。

吳　融〈水鳥〉，卷六八五頁七八七五

煙爲行止水爲家，兩兩三三睡暖沙。爲謝離鸞兼別鵠，如何禁得向天涯。

齊　己〈放鸚鵡〉，卷八四六頁九五八二

隴西蒼巘結巢高，本爲無人識翠毛。今日籠中強言語，乞歸天外啄含桃。

（二）獸言詩

喬知之〈羸駿篇〉，卷八一頁八七六

噴玉長鳴西北來，自言當代是龍媒。萬里鐵關行入貢，九重金闕爲君開。
蹀躞朝馳過上苑，趁趞暝走發章臺。玉勒金鞍荷裝飾，路傍觀者無窮極。
小山桂樹比權奇，上林桃花況顏色。忽聞天將出龍沙，漢主持將駕鼓車。
去去山川勞日夜，遙遙關塞斷煙霞。山川關塞十年征，汗血流離赴月營。
肌膚銷遠道，膂力盡長城。長城日夕苦風霜，中有連年百戰場。
搖珂嚙勒金羈盡，爭鋒足頓鐵菱傷。垂耳罷輕齎，棄置在寒谿。
大宛蒲海北，滇壑雋崖西。沙平留緩步，路遠闇頻嘶。

從來力盡君須棄，何必尋途我已迷。歲歲年年奔遠道，朝朝暮暮催疲老。扣冰晨飲黃河源，拂雪夜食天山草。楚水澶谿征戰事，吳塞烏江辛苦地。持來報主不辭勞，宿昔立功非重利。丹心素節本無求，長鳴向君君不留。祗應澶漫歸田里，萬里低昂任生死。君王倘若不見遺，白骨黃金猶可市。

李　白

〈天馬歌〉，卷一六二頁一六八四

天馬來出月支窟，背爲虎文龍翼骨。嘶青雲，振綠髮。蘭筋權奇走滅沒。騰崑崙，歷西極，四足無一蹶。雞鳴刷燕晡秣越，神行電邁躡慌惚。天馬呼，飛龍趨。目明長庚臆雙鳧，尾如流星首渴烏。口噴紅光汗溝朱，曾陪時龍躡天衢。羈金絡月照皇都，逸氣稜稜淩九區。白璧如山誰敢沽。回頭笑紫燕。但覺爾輩愚。天馬奔。戀君軒。駷躍驚矯浮雲翻。萬里足躑躅，遙瞻閶闔門。不逢寒風子，誰採逸景孫。白雲在青天，丘陵遠崔嵬。鹽車上峻阪，倒行逆施畏日晚。伯樂翦拂中道遺，少盡其力老棄之。願逢田子方，惻然爲我悲。雖有玉山禾，不能療苦飢。嚴霜五月凋桂枝，伏櫪銜冤摧兩眉。請君贖獻穆天子，猶堪弄影舞瑤池。

韓愈

〈駑驥〉，卷三三七頁三七八二

駑駘誠齷齪，市者何其稠。力小若易制，價微良易酬。渴飲一斗水，饑食一束芻。嘶鳴當大路，志氣若有餘。騏驥生絕域，自矜無匹儔。牽驅入市門，行者不爲留。借問價幾何，黃金比嵩丘。借問行幾何，咫尺視九州。飢食棟山禾，渴飲醴泉流。問誰能爲御，曠世不可求。惟昔穆天子，乘之極遐遊。王良執其轡，造父挾其輈。因言天外事，茫惚使人愁。駑駘謂騏驥，餓死余爾羞。有能必見用，有德必見收。孰云時與命，通塞皆自由。騏驥不敢言，低徊但垂頭。人皆劣騏驥，共以駑駘優。喟余獨興歎，才命不同謀。寄詩同心子，爲我商聲謳。

注釋

註一　筆者爲淡江大學中國文學學系助理教授。

註二　〔宋〕晁沖之：《晁具茨先生詩集》（南京市：江蘇古籍出版社，一九八八年二月景印阮元《宛委別藏》本），卷三，頁七。

註三　〔清〕沈德潛著，王蒓父箋注：《古詩源箋注》（臺北市：華正書局，一九七八年九月），頁一〇四。

註四　黃永武：〈「反常合道」與詩趣〉，《中國詩學——設計篇》（臺北市：巨流圖書公司，一九七八年六月），頁二四九—二五〇。

註五　黃瑞雲：《新譯歷代寓言選》（臺北市：三民書局，二〇一〇年十月），頁一。

註六　對於寓言詩的單篇研究，有劉歡〈劉禹錫寓言詩創作特點探析〉（一九九五年）、邵之茜〈劉禹錫寓言詩思想內容初探〉（二〇〇〇年）、王以憲〈漢樂府詩中的寓言體〉（二〇〇五年〉、李唐〈論王安石的寓言詩〉（二〇〇六年）等。

註　七　禽、鳥二詞，意，但學界對「禽鳥」、「鳥言」已有所界定，如張高評：「禽言，乃依音響得其字者」、「禽言詩乃設想禽鳥說人話，鳥言詩則耳聞禽鳥說鳥話」，意即禽言詩指以人言模寫鳥鳴聲，如提壺鳥即鳥鳴聲似「提壺」而得名，詩人再以此鳴聲發揮成詩，本文第三節已舉詩例說明，暫不贅述。張氏說法詳見〈宋代禽言詩之傳承與開拓〉，收入《宋詩之傳承與開拓——以翻案詩、禽言詩、詩中有畫爲例》（臺北市：文史哲出版社，一九九〇年三月），頁一七一—二五四。此處引文見頁一四一、一五一。

註　八　《宋詩之傳承與開拓——以翻案詩、禽言詩、詩中有畫爲例》，頁一五一。

註　九　陳奇猷校注：《韓非子集釋》（臺北市：河洛圖書出版社，一九七四年九月），〈說林上〉，頁四二六。

註　十　《莊子・寓言》：「寓言十九，重言十七，巵言日出，和以天倪。寓言十九，藉外論之。」顏崑陽解釋云：「所謂『寓言』，簡單地說，寓就是寄，意在此而言寄於彼，假托虛設之人、物、事，以暗合己意，也就是〈寓言〉篇所謂『藉外言之』。」顏崑陽：《莊子的寓言世界》（臺北市：尚友出版社，一九八三年九月），頁一一七。

註十一　郭慶藩輯：《莊子集釋》（臺北市：河洛圖書出版社，一九七四年三月），頁九四七。

註十二　祖國頌：《敘事的詩學》（合肥市：安徽大學出版社，二〇〇三年十一月），頁一五一。

註十三　關於「故事」、「事件」、「情節」，在林淑貞《中國寓言詩析論》第二章〈寓言詩之義界與範疇釐定〉中以整理諸說有所界定。撮其要者，故事是由一系列的事件（二個以上）所組構而成。事件則指故事從某一狀態向某一狀態的轉化。情節，是指有因果關係的連續事件。詳見《中國寓言詩析論》（臺北市：里仁書局，二〇〇七年二月），頁三二。

註十四　〔清〕康熙敕編：《全唐詩》（臺北市：明倫出版社，一九七一年五月），第九冊，卷二九八，頁三三七七。

註十五　《中國寓言詩析論》，頁三二。

註十六　熱奈特：「『所指』或敘述內容稱作『故事』，把『能指』、陳述、話語或敘述文本稱作本義的敘事，將生產性敘述行爲，以及推而廣之，把該行爲所處的或眞或假的總情境稱爲『敘述』。」熱奈特（Genetee）著，王文融譯：《敘事話語．新敘事話語》（北京市：中國社會科學出版社，一九九〇年），頁七。

註十七　祖國頌：《敘事的詩學》，頁一四九－一五〇。

註十八　黃慶萱：「描述一件事物時，轉變其原來性質，化成另一種本質截然不同的事物，而加以形容敘述的，叫做『轉化』。」包含擬物爲人的人性化原則，以及擬物爲人的物性化原則、擬虛爲實的形象化原則。詳見黃慶萱：《修辭學》（臺北市：三民書局，一九九四年十月），頁二六七－二八六。

註十九　意即朱光潛「把人的生命移注於外物，於是本來祇有物裡的東西可具人情，本來無生氣的東西可有生氣」之「擬人作用」（Anthropomorphism）。詳見朱光潛：《文藝心理學》（臺北市：臺灣開明書局，一九九四年七月），頁三八－三九。

註二十　〔宋〕蘇軾著，〔清〕王文誥輯注：《蘇軾詩集》（北京市：中華書局，一九九二年四月），冊六，頁二〇〇三。

註二一　岑參〈精衛〉：「負劍出北門，乘桴適東溟。一鳥海上飛，云是帝女靈。玉顏溺水死，精衛空為名。怨積徒有志，力微竟不成。西山木石盡，巨壑何時平。」《全唐詩》第六冊，卷一九八，頁二〇四九。

註二二　韓愈〈學諸進士作精衛銜石填海〉：「鳥有償冤者，終年抱寸誠。口銜山石細，心望海波平。渺渺功難見，區區命已輕。人皆譏造次，我獨賞專精。豈計休無日，惟應盡此生。何慚刺客傳，不著報讎名。」《全唐詩》第十冊，卷三四三，頁三八四五。

註二三　〔西漢〕劉向集錄：《戰國策》（臺北市：里仁書局，一九九〇年九月），頁四八二。

註二四　《中國寓言詩析論》，頁七十。

註二五　《中國寓言詩析論》，頁二三三。

註二六　〔唐〕白居易著，〔清〕汪立名編：《白香山詩集》（臺北市：世界書局，二〇〇六年九月），頁三八八。

註二七　白居易〈池鶴八絕句〉序：「池上有鶴，介然不㜸，烏、鳶、雞、鵝，次第嘲噪，諸禽似有所誚。鶴亦時復一鳴。余非冶長，不通其意。因戲與贈答，以意斟酌之，聊亦自取笑耳。」《白香山詩集》，頁四四六。

註二八　《詩經》（臺北縣：藝文印書館，一九九七年八月），收入《十三經注疏》，冊一，頁十二－十六。

註二九　〈鴟鴞〉與〈毛序〉、孔穎達疏，俱見《詩經》，《十三經注疏》冊一，頁二九二。

註三十　《劍南詩豪》卷二十九，《陸放翁全集》（臺北市：世界書局，一九八七年一月），頁四七一。

註三一　《劍南詩豪》卷八十五，頁一一五三。

註三二　錢鍾書：《宋詩選註》（北京市：人民文學出版社，一九八九年九月），頁一五〇。

註三三　《蘇軾詩集》（北京市：中華書局，一九九二年四月），冊四，頁一〇四六。

註三四　《韓非子集釋》，頁六三三。

註三五　梅家玲：《漢魏六朝文學新論—擬代與贈答篇》（臺北市：里仁書局，一九九七年四月），頁十七。

註三六　《漢魏六朝文學新論——擬代與贈答篇》，頁十七—十八。

註三七　《周禮注疏及補正》（臺北市：世界書局，一九八〇年十一月），卷三六，頁十六。

註三八　《論語．公冶長》「子謂公冶長可妻也。雖在縲紲之中，非其罪也。以其子妻之」下，《論語集解義疏》引《論釋》：「云公冶長從宪還魯。行至二堅上。聞鳥相呼往清溪食死人肉。須臾見一老嫗當道而哭。冶長問之。嫗曰。兒前日出行。于今不反。當是已死亡。不知所在。冶長曰。向聞鳥相呼往清溪食肉。恐是嫗兒也。嫗往看。即得其兒也。已死。」

註三九　可參考王鳳霞：〈生命橫遭摧殘的哀嘆和控訴——先秦兩漢動物寓言詩的反傷害意識〉，《江漢論壇》二〇〇四年第十期，頁一〇六—一〇八。

註四十　儲光羲〈猛虎行〉：「寒亦不憂雪，飢亦不食人。人血豈不甘，所惡傷明神。太室爲我宅，孟門爲我鄰。百獸爲我膳，五龍爲我賓。蒙馬一何威，浮江亦以仁。綵章耀朝日，牙爪雄武臣。高雲逐氣浮，厚地隨聲振。君能賈餘勇，日夕長相親。」《全唐詩》第一冊，卷十九，頁二二三。

註四一　吳承學：「文體的形成因素如聲律、結構等都影響和制約著文體風格的形成，這個問題卻比較容易受到忽略。形式是由內容決定的，但一定形式又反過來在某種程度上制約著內容。藝術、文學各種體裁形式上的特點必然影響文體表現手法的運用和審美特徵的形式。」吳承學：《中國古代文體形態研究》（廣州市：中山大學出版社，二〇〇二年五月），頁四一一。

註四二　此處《全唐詩》版本爲〔清〕康熙敕編：《全唐詩》（臺北市：明倫出版社，一九七一年五月），詩例只著卷頁，不贅列書名。

註四三　遼東歸客用丁令威化鶴故事，此則視作鶴語。

「蝗災食苗民自苦」

——論唐宋蝗災詩中的災異、防治與寓意

陳鍾琇

摘要

中國以農立國，自詩經時代始，在先民的詩篇中，即有以蝗蟲入詩，狀描其與農民攸關生存之生物特性。翻開史書可見，歷代天災中，旱災與蝗災莫不伴隨而起，所謂民以食爲天，人類與蝗蟲均以農作爲食，天生註定要成爲生存死敵。因此，中國農業發展史，實可謂「中國農業防治史」。

中國歷朝莫不重視農業發展，尤其從史料記載可知，到了唐宋時期，防治蝗蟲之法大有斬獲，從消極的「捕蝗」到積極的「掘蝗子」（蝗卵），可見防治蝗蟲觀念的創新。而從唐宋文人「蝗災詩」中，不僅可見朝廷禳災的情形，文人亦實寫苦難之災情、悲憫農民之苦痛、描述防治之方法等。在文學寓意上，從唐宋文人白居易〈捕蝗〉新樂府詩以及王令〈夢蝗〉詩觀

之，藉蝗蟲生物特性用以寄託諷喻，誠可見寓意文學之精神與價值。

關鍵詞

唐宋、蝗蟲、農業、災異、寓意

一　前言

中國自古以來，即是以農耕生活爲社會型態的基礎。百姓在廣袤的田野辛勤的種植農作，依四時節序，春耕、夏耘、秋收、冬藏，農民期待辛勤的耒耜之後，大地終會給予豐碩物產的回報。然而，在中國傳統的農業社會裡，同樣的與人類以稻禾作物爲食的生物——蝗蟲，由於適合生長於乾旱的氣候，容易大量繁殖與成長，也由於其生物特性與特殊的生態，蝗災常伴隨著旱災而來，造成農作大量的損害，而引發天下饑荒。因此，蝗蟲一直被視爲農民的「天敵」。在《詩經．周南．螽斯》云：「螽斯羽，詵詵兮，宜爾子孫，振振兮。……」（註一）詩中所說的「螽斯」就是「蝗」，（註二）後世也多半以此象徵多子多孫的祝福；在《詩經．小雅．大田》亦云：「去其螟螣，及其蟊賊，無害我田稺。……」，（註三）就是談及蝗蟲爲害農作的景況，由此二則詩經的作品可知，蝗蟲生物族群的生養壯大以及以農作爲食的自然生態，正爲農業大國引以爲天敵的主要原因。

中國文人以蝗入詩，狀寫蝗蟲過境侵食作物，代以抒發百姓生活之疾苦；或基於「天人感應」之思想，常以蝗災視爲在上位者失德，因而遭受上天懲罰之罪咎；或以「蝗」之肆虐比擬殘暴之惡吏吸取民脂等，在在都彰顯「蝗災」在中國政治、社會與文化的視角下，被視爲天字號的災難。由於歷朝對於農業甚爲看重，唐代在各級任命勸農官員，甚至到了宋代，朝廷的

「勸農使」制度成爲常設而趨於定型，由於朝廷特別重視「勸農」制度的落實，（註四）在如此重視農業發展、落實農業政策的朝代，若是遇到「蝗災」，該是如何的面對與防治？或者身兼文官身分的文人，又是如何在詩歌作品中描繪「蝗災」？其文學寓意如何？因此，本論文擬從唐宋文人有關述寫「蝗災」的詩歌當中，一探究竟。

二　中國古籍裡的「蝗」之別稱與生態

中國古代農業作物生產最大的蟲害，莫過於「蝗災」，「蝗災」經常與水災、旱災被視爲中國古代三大農業災害，明代徐光啓〈除蝗疏〉一文謂爲「凶饑之三因」。（註五）農人辛勤地耕作糧食作物，而蝗蟲天生爲人類農耕作物之害蟲，以啃食農作物爲生，可謂一部漫長的農耕史，另一方面也是農業防治史之寫照。

有關「蝗」蟲之名稱與生態，在中國古籍裡有詳細的記載，如：《爾雅》曰：「食苗心曰螟。食葉曰螣。食根曰蟊。食節曰賊。四蝗蟲名也。」，（註六）《爾雅》一書主要根據不同種類之蝗蟲嗜食作物之個別部位來作爲定名之依據，因此「螟」、「螣」、「蟊」、「賊」均爲「蝗蟲」之別名。然而「蝗」又可謂爲「螽」，如：《說文》曰：「蝗，螽也。」；《廣雅》曰：「螽，蝗也。」。（註七）《藝文類聚》亦記載：

又曰蝗也，今謂蝗子爲螽，一名蠶螽，兗州人謂之螣。蔡伯喈曰：蝗，螣也。當爲災則生。故水處澤中，數百或數十里，一朝蔽地，而食禾粟，苗盡復移，雖自有種，其爲災。云是魚子在水中化爲之。（註八）

據引文，「蝗」的幼蟲則稱爲「螽」，又可名爲「蠶螽」，兗州人則稱爲「螣」。東漢蔡邕（字伯喈，一三三－一九二）對於「蝗」之生態作了詳細的描述，「蝗」喜棲於水澤，生態圈可達數十或數百里，群聚以食禾粟爲生，待苗禾啃食殆盡，擇又遷徙別處繼續肆虐作物。此外，根據清代陳芳生〈捕蝗考〉一文所載，「蝗」的幼蟲亦可稱爲「蝻」，或名「蝗蝻」。如：

……聞之老農言：蝗初生如粟米，數日旋大如蠅，能跳躍蝬行，是名爲蝻。又數日即蝬飛，是名爲蝗。所止之處喙不停嚙，故《易林》名爲饑蟲也，又數日孕子於地矣。地下之子十八日復爲蝻，蝻復爲蝗，如是傳生害之，所以廣也。……（註九）

陳芳生〈捕蝗考〉記載蝗蟲從幼蟲到成蟲之成長以及成長過程當中名稱之不同，「蝗」原初生於地下後，成長至蠅般大小，能跳躍群行則稱爲「蝻」，後又成長至能群飛，則稱爲「蝗」，所到之處無不啃食作物，又謂爲「饑蟲」。蝗蟲以農作物爲食，是人類農耕生活首要防治的害蟲，農人無不以消滅蝗蟲爲農業防治事務，如：唐．歐陽詢《藝文類聚》曾據《呂氏春秋》加以引申曰：

匡章，孟子弟子，謂惠子於魏王之前曰：「蝗螟，農夫得而殺之，奚故？爲其害稼也，蔽天，狀如嚴雪，是歲天下失瓜瓠。」（註十）

引文提到螟蝗是農作物之害蟲，農民可得而殺之，螟蝗群飛肆虐田稼時，數量浩大可以遮蔽天空，宛如冬季的嚴雪紛飛之貌，蝗蟲肆虐的當年便會引發饑荒。

蝗災好發於乾旱時節，蘇軾詩〈次韻章傳道喜雨〉有云：

去年夏旱秋不雨，海畔居民飲鹹苦。今年春暖欲生蝝，地上戢戢多於土。預憂一旦開兩翅，口吻如風那肯吐。前時渡江入吳越，佈陣橫空如項羽。農夫拱手但垂泣，人力區區固難禦。……（註十一）

蘇軾本詩曾在詩題自註「禱常山而得」，（註十二）根據南宋人施元之引《唐十道四蕃志》註解云：「密州常山，齊時祈雨常應，因以爲名。」（註十三），宋代密州的地理位置在今山東半島南方靠海之處，據蘇軾本詩所云，由於前一年夏、秋季節之乾旱，導致居住在沿海地區的居民缺乏淡水可飲用，被迫飲用鹹苦之海水。「今年春暖欲生蝝，地上戢戢多於土。預憂一旦開兩翅，口吻如風那肯吐。」意謂乾旱的氣候導致隔年春天時節，「蝝」蟲於是大量密集的繁殖，「蝝」是「蝗」的幼蟲別名，（註十四）蘇軾甚至憂心「蝗蟲」長成，展翅到處肆虐、殘食作物，因為蘇軾本人曾在錢塘親見「蝗蟲大軍」群飛肆虐的可怖畫面。蘇軾在「前時渡江入吳越，布陣橫空如項羽。」詩自註曰：「去歲錢塘，見飛蝗自西北來，極可畏。」（註十五）蘇軾也訴說出農人在面對「蝗蟲大軍」壓境，啃食血汗栽種的作物時，只能束手無策的無奈與辛酸。

此外，根據宋人羅大經《鶴林玉露》卷三記載：

> 蝗纔飛下交合，數日產子，如麥門冬之狀。又數日，其中如小黑蟻者八十一枚，即鉆入地中。《詩》注謂螽斯一產八十一子者，即蝗之類也。其子入地，至來年禾秀時乃出，旋生翅羽。……（註十六）

據引文，蝗蟲由幼蟲成長至成蟲可振翅群飛時，即進入了可繁衍後代的階段，雌蟲一次產卵的數量極多，孵化的幼蟲鑽入土中生長，等待來年農作物正當即將收成時，便振翅群飛肆虐，同時也進入另一個生物繁衍的週期。明人徐光啓曾寫過一篇〈除蝗疏〉，（註十七）後收於其所著《農政全書》卷四十四〈荒政〉之中，對於蝗蟲適合滋生的環境做了詳細的說明：

> 蝗之所生，必於大澤之涯，然而洞庭彭蠡具區之旁，終古無蝗也，必也驟盈驟涸之處，如幽涿以南、長淮以北、青兗以西、梁宋以東諸郡之地，湖濼廣衍，暵溢無常，謂之涸澤，蝗則生之。歷稽前代及耳目所覩記，大都若此。若地方被災，皆有延及與其傳生者耳。（註十八）

據《農政全書》所云，蝗蟲罪適合生長之處，必須在大澤周遭環境較爲乾涸的地方，因此，幽（今北京市）涿（今河北涿縣）以南，淮河以北，青州（位今山東濰坊市）兗州（今山東濟寧市）以西，梁宋（今河南開封商丘一帶）以東，這是蝗蟲最適合生長的區域。由於蝗蟲長成能群飛的特性，因此擴及的災害區域，根據研究，中國蝗災的地理分布以是以黃河下游爲最多；華中以南，則逐漸減少。（註十九）而以中國地理環境的特性來說，長江以北是屬於年降雨量少的區域，大部分的農作物都是屬於旱作植物，包含了粟、麥、黍、高粱等均是蝗蟲喜食的作物，（註二十）一旦蝗蟲振翅群飛遷徙覓食，遇到適合生長以及提供糧食的區域，則所到之處皆爲其生養繁衍的最佳場域。當蝗蟲群飛時，往往聲勢浩大，蘇軾曾寫詩形容爲「飛蝗來時半天黑」，（註二一）便可想像蝗蟲一旦生成展翅群飛，數量多到足以遮蔽天際的可怖景況。

三　唐宋「蝗災詩」中所描述之災異與禳災

根據《中國農業自然災害史料集》一書所錄，唐宋兩代發生蝗災而載於史冊者，多達兩百二十餘次。（註二二）由於蝗災常伴隨著旱災而發生，唐宋文人將所見述寫成「蝗災詩」，詩中對於大自然的氣候異常所造成的旱象，繼而引發蝗蟲肆虐以及威脅百姓生存的衝擊，做了如實的陳述。如唐代戴叔倫〈屯田詞〉：

> 春來耕田遍沙磧，老稚欣欣種禾麥。麥苗漸長天苦晴，土乾确确鋤不得。
> 新禾未熟飛蝗至，青苗食盡餘枯莖。捕蝗歸來守空屋，囊無寸帛缾無粟。
> 十月移屯來向城，官教去伐南山木。驅牛駕車入山去，霜重草枯牛凍死。
> 艱辛歷盡誰得知，望斷天南淚如雨。（註二三）

戴叔倫本詩述寫農民辛勤地懷抱著希望種植禾麥，然而在成長時期，卻遭逢乾旱不雨的天氣，土地乾硬無法犁鋤，而就在稻禾尚未熟成之際，蝗蟲群飛而至，將青苗啃食殆盡。爾後在官吏的建議下，驅牛上山伐木，卻又遭逢寒害，只能無奈地舉頭望天、淚如雨下。戴叔倫本詩述寫農民悲慘情狀，令人讀之而掬同情之淚。再者，宋代蘇轍〈立冬聞雷〉（九月二十九日）詩云：「……陽淫不收斂，半歲苦常燠。禾黍飼蝗螟，粳稻委平陸。……」（註二四）蘇轍本詩描述他所曾遇到燠熱乾旱的天氣長達半年之久，農作物多半已成為蝗蟲的食物。張耒〈田家〉二首之一：「……旱蝗千里秋田淨，野秫蕭蕭八月天。……」（註二五）以及〈十月七日晨起〉：「……江民旱累歲，流冗東就食。蛈蝗食陳蔡，千里無草色。……」，（註二六）均是描述旱災引發蝗蟲大肆掠食百姓作物的情形。再者，晁補之〈跋遮曲〉有云：「……君不見前年大旱河草黃。草中魚子化飛蝗，又不見往年大雨雨決渠。渠中朽瓜生老魚，蝗飛食場穀。……」（註二七），所述的同樣是大旱後，蝗蟲生養迅速，群飛大食穀物之狀。

蝗災一直被視為天災，而蝗蟲之生物特性又深深的威脅人類的生存，故而，因缺糧所引發的人禍便隨之而生。如蘇轍〈次遲韻對雪〉（十一月二十七日）詩有云：「今年惡蝗旱，流民鬻妻子。」（註二八）述寫旱災引發的蝗災，造成流離的百姓因缺糧而鬻賣妻子的慘況。不僅如此，甚至因此而引發盜賊戕害百姓命與財產的禍事，常言「飢寒起盜心」正是如此，如蘇軾〈論河北京東盜賊狀〉一文曰：

熙寧七年十一月日，太常博士直史館權知密州軍州事蘇軾狀奏：

臣伏見河北、京東比年以來，蝗旱相仍，盜賊漸熾，今又不雨，自秋至冬，方數千里，

麥不入土，竊料明年春夏之際，寇攘爲患，甚於今日。（註二九）

文中，蘇軾上奏表達自己對蝗災與旱災接連而起，引發盜賊之風逐漸盛行，甚至預料若是天災一直持續而未解，則來年盜寇之患更爲嚴重。

此外，由於中國自古敬畏上天，強調天道與人道的合一，漢代董仲舒的「天人感應」說更加深了這觀念，將之系統化與制度化，故此之後，中國君權便與「天」之意志產生緊密的連結，一來皇權出於天授，君王有了教化臣民的權力；二來，若皇政失德，上天則降下災異示警，對皇權之行使產生制約。故而，當蝗災發生之時，不僅僅是被當做自然災害，有時亦被視爲是皇帝失德的「天譴」，茲舉一例說明，如：《續資治通鑑長編》記載太宗淳化二年（九九一）三月己巳條：

上以歲旱蝗，手詔呂蒙正等曰：「元元何罪！天譴如是，蓋朕不德之所致也。卿等當於文德殿前築一臺，朕將暴露其上，三日不雨，卿等共焚朕以答天譴。」蒙正等皇恐謝罪，匿詔書，翌日而雨，蝗盡死。（註三十）

引文中，宋太宗將在位當年所發生的旱災與蝗災，歸咎是自己的失德所引發的天譴，於是便有意採取自我懲罰以謝罪上蒼，大臣呂蒙正雖隱匿詔書不發，然隔天天也降下大雨，而蝗蟲盡死。可見，在當時，蝗災是被視爲是皇帝失德而招致天譴的罪罰之一，希望能藉由認罪祈雨，祈求上蒼降下甘霖，以化解旱象與蟲災。因此，祈雨祝禱便是禳除災禍的儀式。如：蘇軾曾寫過「祭常山祝文五首」其一（密州）云：

洪維上帝，以斯民屬於山川群望，亦如天子，以斯民屬於守土之臣。惟吏與神，其職惟通。殄民廢職，其咎惟均。哀我邦人，遭此兇旱。流殍之餘，其命如髮。而飛蝗流毒，遺種布野。使其變躍飛騰，則桑柘麥禾，舉罹其災，民其罔有孑遺。吏將獲罪，神且乏祀。茲用粟粟危懼。僅以四月初吉，齋居蔬食，至于閏月辛丑。若時雨沾洽，蝗不能生，當與吏民躬執牲幣以答神休。……（註二二）

蘇軾這首禱詞，內容述及當年遇到凶旱之惡，導致「飛蝗流毒，遺種遍野」，倘若一旦成蟲振翅飛騰，則農作損害之災情會更加嚴重，於是便祈求上蒼降下時雨，解除旱象，則蝗蟲便不致於成長而危害農作，這是蘇軾身爲一位愛民如己的父母官爲黎民百姓祝禱的心聲。

四　唐宋防治蝗災之方法

早在中國上古時期，其實民間就有了消除蝗蟲的記錄，如《詩經・小雅・大田》曰：「去其螟螣，及其蟊賊，無害我田穉。田祖有神，秉畀炎火。」（註二二），意謂蝗蟲危害，百姓於夜間在田裡舉火，吸引蝗蟲投火自焚。宛若護庇桑田的田祖之神將蝗蟲投於火中之象徵。甚至，此種「舉火引蟲焚燒」之法，一直流傳至後代民間。此外，由於旱災能引發蝗蟲肆虐的自然經驗，於是使得中國民間產生了「久旱致蝗」的說法，爲了不讓蝗災引發更嚴重的禍害，除了官方有「滅蝗」的實際行動外，一般民間也會採取事先防範的措施，預防「蝗災」的發生。唐代文人「蝗災詩」內容多半著墨於「災難」的述寫，然而在宋代文人「蝗災詩」中，則能見到文人對於民間消滅蝗蟲以及預防蝗災之法的描述，如陸游〈幽居記今昔事十首，以詩書從宿好，林園無俗情爲韻〉一詩云：

> 總角人家塾，學經至豳詩。治道本耕桑，此理在不疑。
> 今茲垂九十，謝事居海涯。戴星理農業，未歎筋力衰。
> 四月築麥場，五月瀦稻陂。秉火去螟蝗，磨刀剪棘茨。
> 西成大作社，歌鼓樂聖時。

詩中所提到「秉火去螟蝗」，就是中國上古時代所流行的「舉火引蟲焚燒」除蝗作法。此外，陸游〈杜門〉一詩又云：

寂寞山深處，崢嶸歲暮時。燒灰除菜蝗，送芋謝牛醫。筧水晨澆藥，燈窗夜覆棋。杜門君勿怪，遲暮少新知。（註二二三）

詩中提到「燒灰除菜蝗」，所謂「燒灰法」根據張志強〈宋人對蝗災的認識與防治〉一文考證，（註二二四）即是「坎瘞火焚法」，此滅蝗之法，流行於唐宋時期，根據《新唐書》卷一百二十四〈姚崇列傳〉云：

開元四年，山東大蝗，民祭且拜，坐視食苗不敢捕，崇奏：「詩云：『秉彼蟊賊，付畀炎火。』漢光武帝詔曰：『勉順時政，勸督農桑。去彼螟蜮，以及蟊賊。』此除蝗誼也。且蝗畏人易驅，又田皆有主，使自救其地，必不憚勤。請夜設火，坎其旁，且焚且瘞，蝗乃可盡。古有討除不勝者，特人不用命耳。」乃出御史爲捕蝗使，分道殺蝗。（註二二五）

據引文，唐玄宗宰相姚崇（六五一－七二一）曾於開元四年（七一六），由於山東發生蝗災，百姓又不敢撲滅蝗蟲，只是舉行消災除厄的祭祀而已，於是姚崇以上古時代以及東漢時期撲滅蝗蟲的歷史經驗來建議玄宗實行滅蝗策略，便提議用「坎瘞火焚法」消除蝗蟲，其方法是在夜間設置火堆，並在火堆旁挖坑穴，利用蝗蟲的趨光性，蝗蟲被吸引而聚集火堆時，以火燒的方式，焚蟲致死，然後就地於土坑中掩埋。此外，也設置了「捕蝗使」制度，朝廷派遣「捕蝗使」到災地指導百姓捕蝗。

除了以「坎瘞火焚」的方式消滅蝗蟲之外，以動物天敵的特性「以一物剋一物」的方法除蝗，亦即現今所謂的「生物防治法」，也是民間常見的防治方法，如：晁補之〈莎雞食蝗〉詩：

居貧得田不百畝，天賜時雨苗氤氳。遲明當熟晚未刈，災蝗夜至如驚軍。
秋風吟茅雨洗瓦，葉上穗落青紛紛。常嫌莎雞聒麥壟，紡車細掉喧晨昏。
莎雞可憐爾吻利，驅蝗逐蝻群披分。豈惟秋蟬畏螳斧，蝗亦爲爾森跳奔。
天下災蝗凡幾郡，安得爾輩盈千群。揚眉振羽如屯雲，爾雖強聒誰煩聞。（註三八）

晁補之本詩提到莎雞能「驅蝗逐蝻」，所謂「莎雞」，在《詩經·豳·七月》詩曾云：

「五月斯螽動股，六月莎雞振羽。」（註三七）根據洪章夫〈從昆蟲的型態及生態詮考《詩經》中莎雞之物種〉一文考證，（註三八）「莎雞」即是「紡織娘」，又名「紡絲」、「梭雞」、「絡緯」等，叫聲宛如言「促織、促織」，因此莎雞別稱爲「紡織娘」，晁補之見到莎雞驅逐蝗蟲與蝻時，蝗蟲倉皇跳逃之狀，詩末並對莎雞振羽鳴叫的特性，大表讚揚。此外，值得深入探究的是，宋代曾推行「捕蝗易錢」的方式，獎勵百姓捕捉蝗蟲以換取金錢，不僅可使百姓積極除滅蝗蟲，更可增加收入。這種「捕蝗易錢」的方法，其實在漢代就曾經施行過，如：《漢書．平帝紀》曰：「元始二年，郡國大旱，蝗，遣使者捕蝗，民捕蝗詣吏，以石斗受錢。」（註三九），此法一直沿用到宋代，如：《宋會要》曾記載：

> 許募人捕取，當官交納。每蟲子一升，官細色穀斗二升。蝻蟲五升或飛蝗一斗，各給一升。蝻蝗子多易得處各減半給。如給麤色，並依倉例細折，或給中等實直價錢。（註四十）

據引文，官府可依照百姓所捕捉來的蝗蟲的成色或品種區分等級，給予等值的穀物或者給付實值的價錢，用以鼓勵民間捕蝗。

不過，捕蝗制度在民間甚至在朝廷都曾遇到一些阻難，其原因不外有二：（一）蝗災是天譴，是上天示警，所以不宜捕蝗。（二）捕蝗過程連帶會犧牲部分農作。然而歐陽修（一〇〇七—一〇七二）卻十分支持朝廷的捕蝗政策。如，歐陽修〈答朱寀捕蝗詩〉云：

捕蝗之術世所非，欲究此語興於誰？或云豐凶歲有數，天孽未可人力支。
或言蝗多不易捕，驅民入野踐其畦。因之姦吏恣貪擾，户到頭斂無一遺。
蝗災食苗民自苦，吏虐民苗皆被之。吾嗟此語祇知一，不究其本論其皮！
驅雖不盡勝養患，昔人固已決不疑。秉蟊投火況舊法，古之去惡由如斯。
既多而捕誠未易，其失安在常由遲。詵詵最説子孫衆，爲腹所孕多蚳蚔。
始生朝畝暮已頃，化一爲百無根涯。口含鋒刃疾風雨，毒腸不滿疑常飢。
高原下隰不知數，進退整若隨金鼙。嗟兹羽孽物共惡，不知造化其誰户？
大凡萬事悉如此，禍當早絕防其微。蠅頭出土不急捕，羽翼已就功難施。
只驚嫠飛自天下，不究生子由山陂。官書立法空太峻，吏愚畏罰反自欺。
蓋藏十不敢申一，上心雖惻何由知。不如寬法擇良令，告蝗不隱捕以時。
今苗因捕雖踐死，明歲猶免爲蝝菑。吾嘗捕蝗見其事，較以利害曾深思。
官錢二十買一斗，示以明信民爭馳。斂微成衆在人力，頃刻露積如京坻。
乃知孽蟲雖甚衆，嫉惡苟鋭無難爲。往時姚崇用此議，誠哉賢相得所宜。
因吟君贈廣其説，爲我持之告採詩。（註四一）

歐陽修本詩作於宋仁宗慶曆二年（一〇四二），當時朱宋擔任檢閱官。由於宋仁宗寶元（一〇三八—一〇四〇）至康定（一〇四〇—一〇四一）年間，這短短幾年之間，曾發生嚴重的蝗災，根據《資治通鑑長編》卷一二三記載寶元二年（一〇三九）「曹、濮、單三州言蝗。」卷一二九記載康定元年（一〇四〇）「詔天下諸縣，凡掘飛蝗遺子一升者，官給以米荳三升。」，（註四二）可見蝗災甚爲嚴重，朝廷不得不下旨捕蝗救災。

歐陽修本詩首言當時捕蝗方法，曾引發世人的非議，原因不外是將蝗災視爲天譴，是上天對於天下的示警；或者認爲蝗蟲數量過於龐大，捕捉不易，捕蝗吏指導民眾捕蝗卻不得不踐踏農作，這等行動或多或少均曾引發民怨。因此，歐陽修藉由此詩對朝廷捕蝗的方式提出可改善的建議，所謂「蝗災食苗民自苦，吏虐民苗皆被之」，追根究柢，蝗蟲是禍害之根源，甚至認爲「既多而捕誠未易，其失安在常由遲」，能讓蝗蟲大量肆虐以成災，是因爲未能即時採取防範措施，而釀成巨大的災害。又云「大凡萬事悉如此，禍當早絕防其微」，因此歐陽修的捕蝗觀念在於「防微杜漸」，若及早發現蝻子（蟲卵）則可進行撲殺，如果等到幼蟲即將「蠅頭出土」卻「不急捕」，那麼到了成蟲階段，蝗蟲羽翼已成可四處爲虐時，就難以收拾了。相較之下，當時官方的作法一方面是「亡羊補牢」，鼓勵民眾捉捕撲殺成蟲；另一方面，官方所制定的捕蝗法規過於僵化與嚴格，不知變通，因此，也讓一些想藉由捕蝗獲取利益的官吏與百姓，故意隱瞞蝗子（蟲卵）孕育的消息，所以歐陽修認爲「不如寬法擇良令，告蝗不隱捕以時」，要放寬捕蝗規定，非得要到成蟲才捕捉，並鼓勵及早發現、適時捕捉撲殺才是捕蝗良策。

同樣與歐陽修對治蝗頗有「防治爲先」的概念者是王令（一〇三二—一〇五九），王令有一詩〈原蝗〉，本詩如下：

蝗生於野誰所爲？秋一母死一百兒，埋藏地下不腐爛，疑有鬼黨相收持。
寒禽冬飢啄地食，拾掇穀種無餘遺。吻惟掠卵不加破，意似留與人爲飢。
去年冬溫臘雪少，土脈不凍無冰澌。春氣蒸炊出地面，戢戢密若在釜糜。
老農頑愚不識事，小不撲滅大莫追。遂令相聚成氣勢，來若大水無垠涯。
蓬蒿滿眼幸無用，爾縱嚼盡誰爾譏。而何存留不咀嚼，反向禾黍加傷夷。
鴟鴉啄銜各取飽，充實腸腹如撐支。兒童跳躍仰面笑，卻愛甚密嫌疏稀。
吾思萬物造作始，一一盡可天理推。四其行蹄翼不假，上既載角齒乃虧。
夫何此獨出群類，既使躍跳仍令飛。麒麟千載或一見，仁足不忍踏草萎。
鳳凰偶出即爲瑞，亦曰竹食梧桐棲。彼何甚少此何眾，況又口腹害不訾。
遂令思慮不可及，萬目仰面號天私。天公被誣莫自辨，慘慘白日陰無輝。
而余昏狂不自度，欲盡物理窮毫絲。要祛眾惑運獨見，中夜力爲窮研思。
始知在人不在天，譬之蚤蝨生裳衣。捫搜剔撥要歸盡，是豈人者尚好之。

然而身尚不絕種，豈復垢舊招致斯。魚朽生蟲肉腐蠹，理有常爾無何疑。
誰爲憂國太息者，應喜我有原蝗詩。（註四三）

王令是宋仁宗朝人物，生於仁宗明道元年（一〇三二），卒於仁宗嘉祐四年（一〇五九），得年只有二十七歲，卻爲後人留下有關〈原蝗〉與〈夢蝗〉兩首述寫蝗災的長篇詩作。王令與王安石友好，王安石亦曾爲王令寫墓誌銘，讚賞王令之節行高風。（註四四）

王令本詩在前半段控訴天地之間的禽鳥以農作穀種爲食，偏偏不吃蝗蟲卵，有意將蝗蟲留待人間爲禍，而「老農頑愚不識事，小不撲滅大莫追。遂令相聚成氣勢，來若大水無垠涯。」便是評論一般農民對於蝗蟲防治工作的不積極，由於對於蝗蟲「小不撲滅大莫追」於是便釀成災禍。王令對於認爲蝗蟲是天底下最特出的害蟲，生物特性既善於跳躍又能展翅飛翔，以致於所到之處，皆災情遍野。本詩的末段亦再三強調對於蝗害理應做到事前防治的措施，並希望憂心國事者能從治蝗的策略中，記取治理天下應明白「防微杜漸」的觀念與教訓。

由於治蝗首重預防，於是在宋代除了「坎瘞火焚法」、「捕蝗易錢法」之外，也開發出「掘蝗種」之法，即「掘取蝗卵」滅蝗。根據《宋史》卷十〈本紀第十．仁宗〉記載，景祐元年（一〇三四）曾發生饑荒，朝廷便下詔招募民「掘蝗種，給菽米。」（註四五），當年「景祐元年六月，開封府、淄州蝗。諸路募民掘蝗種萬餘石。」（註四六），宋代防範蝗蟲肆虐所推行

「掘蝗種」策略，特重蝗災預防的觀念，以釜底抽薪的手法杜絕蝗蟲成長，這在中國歷代「亡羊補牢」的捕蝗政策上，更顯得積極，實是治蝗技術與觀念的一大進步。

五　唐宋「蝗災詩」之文學寓意

文學作品除表徵創作者心靈對外界有所感悟之外，最值得回味的，莫過於作者時而能藉物託諷，寄寓微言而引起共鳴。故而《文心雕龍．頌讚》云：「及三閭〈橘頌〉，情采芬芳，彼類寓意，又覃及細物矣。」（註四七）；再者，蘇軾《寶繪堂記》亦云：「君子可以寓意於物」（註四八），大抵而言，寓意即是作者詠物以寄暢意旨之意。因此，文人藉「蝗蟲」嗜食農作，與民爭食的生物特性，以諷喻諸事者，亦所在多有。在唐代，文人以蝗蟲入詩，除了述寫災況之外，藉蝗蟲爲災事，寓意託諷者，以貫休以及白居易爲代表，如：詩人貫休〈酷吏詞〉，詩序云：「酷吏詞（案：唐末寇亂，休避地渚宮，荊帥高氏優待之。館于龍興寺，會有謁宿，話時政不治，乃作〈酷吏詞〉以刺之。）」（註四九），其詩云：「蝗乎蠹乎，東西南北。」將「蝗蟲」與「蠹」（食苗害蟲）用來比喻酷吏亂政的情事。再者，貫休另一首〈東陽罹亂後懷王慥使君，五首之二〉有云：「只報精兵過大河，東西南北殺人多。可憐白日渾如此，來似蝗蟲爭奈何。」（註五十）是以亂軍之多比喻成蝗蟲大軍壓境之狀。此外，在唐代最著名的藉蝗蟲寓意政事者，即是白居易新樂府詩的〈捕蝗〉，白居易在詩序云：「刺長吏」，用以諷刺長吏之醜惡，本詩云：

捕蝗捕蝗誰家子？天熱日長飢欲死。興元兵後傷陰陽，和氣蟲蠹化爲蝗。始自兩河及三輔，荐食如蠶飛似雨。雨飛蠶食千里間，不見青苗空赤土。河南長吏言憂農，課人晝夜捕蝗蟲。是時斗粟錢三百，蝗蟲之價與粟同。捕蝗捕蝗竟何利？徒使飢人重勞費。一蟲雖死百蟲來，豈將人力定天災。我聞古之良吏有善政，以政驅蝗蝗出境。又聞貞觀之初道欲昌，文皇仰天吞一蝗。一人有慶兆民賴，是歲雖蝗不爲害。（註五一）

白居易本詩作於憲宗元和四年（八〇九），是針對德宗興元元年（七八四）時，當年發生蝗災所寫。詩中提到河南的長吏（地方高級官員）表面對農作憂心，派人日夜辛勤的捕捉蝗蟲，並以「捕蝗易錢」的方式，當時一斗粟米的價錢是三百錢，捕蝗一斗等同粟米一斗的價錢換取。不過，白居易是對實際捕蝗行動有意見的，白居易曰「捕蝗捕蝗竟何利？徒使飢人重勞費」，觀其意，似乎不贊同河南長吏用「捕蝗易錢」的方式，利誘百姓捕蝗，進而寫出「一蟲雖死百蟲來」，用「百蟲」或作「百蝗」來比喻長吏利誘百姓的作法，宛如蝗蟲一般與民爭食。詩末以唐代貞觀二年（六二八）太宗皇帝面對蝗災曾吞蝗的歷史故事來闡述，認爲只有在上位者修德，才是防治蝗災的最佳方式。

宋人王令（字逢原）曾寫過一首雜言長詩〈夢蝗〉，寫於宋仁宗至和元年（一〇五四），寫作背景是當年江淮地區發生蝗災，引發饑荒，百姓哀鴻遍野，因此，王令同情百姓遭遇，便將眼前所見之慘狀述寫而出，並進而黑暗的政治進行深刻的揭露，將蝗的暴虐用以比喻黑暗的政治力量。本詩云：

至和改元之一年，有蝗不知自何來。朝飛蔽天不見日，若以萬布篩塵灰。
暮行嚙地赤千頃，積疊數尺交相埋。樹皮竹顛盡剝枯，況又草穀之根荄。
一蝗百兒月兩孕，漸恐高厚塞九垓。嘉禾美草不敢惜，卻恐壓地陷入海。
萬生未死飢餓間，支骸遂轉蛟龍醢。群農聚哭天，血滴地爛皮。
蒼蒼冥冥遠復遠，天聞不聞不可知。我時心知悲，墮淚注兩目。
發爲疾蝗詩，憤掃百筆禿。一吟青天白日昏，兩誦九原萬鬼哭。
私心直冀天耳聞，半夜起立三千讀。上天未聞間，忽作遇蝗夢。
夢蝗千萬來我前，口似嚅囁色似冤。初時吻角猶呷嗾，終遂大論如人間。
問我子何愚，乃有疾我詩。我爾各生不相預，子何詩我盍陳之。
我時憤且驚，噪舌生條枝。謂此腐穢餘，敢來爲人譏。

爾雖族黨多，我謀久已就。方將訴天公，借我巨靈手。
盡拔東南竹柏松，屈鐵纏縛都爲帚。掃爾納海壓似山，使爾萬啾同一朽。
尚敢託人言，議我詩可否。群蝗顧我嗟，不謂相望多。
我欲爲子言，幸子未易呶。我雖身爲蝗，心頗通爾人。
爾人相召呼，欲啜爲主賓。賓飲啜醻百豆爵，主不加詬翻歡欣。
此竟果有否，子盍來我陳。予應之曰然，此固人間禮。
儐价迎召來，飲食固可喜。蝗曰子言然，予食何愧哉。
我豈能自生，人自召我來啜食。借使我過甚，從而加詬爾亦乖。
嘗聞爾人中，貴賤等第殊。雍雍材能官，雅雅仁義儒。
脱剝虎約皮，借假堯舜趨。齒牙隱針錐，腹腸包蟲蛆。
開口有福威，頤指專賞誅。四海應呼吸，千里隨卷舒。
割剝赤子身，飲血肥皮膚。噬啖善人黨，嚼口不肯吐。
連床列竽笙，別屋連嬪姝。一身萬椽家，一口千倉儲。
兒童襲公卿，奴婢聯簪裾。犬豢羨膏粱，馬廏餘繡塗。
其次爾人間，兵皀倡優徒。子不父而父，妻不夫而夫。
臣不君爾事，民不家爾居。目不識牛桑，手不親犁儲。

平時不把兵，兵革包矛殳。開口坐待食，萬廩傾所須。
家世不藏機，繪繡錦衣襦。高堂傾美酒，臠肉膾百魚。
良材琢梓楠，重屋擎空虛。貧者無室廬，父子各席居。
賤者餓無食，妻子相對吁。貴賤雖云異，其類同一初。
此固人食人，爾貴反捨諸。我類蝗名目，所食況有餘。
吴饑可食越，齊餓食魯邾。吴害尚可逃，爾害死不除。
而作疾我詩，子語得無迂。（註五二）

本詩首先提到仁宗至和元年（一〇五四）發生一場蝗災，不知從何而來的蝗蟲，數量多大足以遮蔽天空，這些蝗蟲大肆虐食農作，樹皮都能被啃食枯盡，更何況是軟嫩的草根。蝗蟲大肆掠食之後，繁殖力更加旺盛，雌蝗能一月兩孕、一次產下百卵，土地幾乎成爲蝗的幼蟲孕育的溫床。辛苦的農民見到作物被啃食殆盡、只能仰天嚎哭。王令寫道，當他見到如此蝗蟲虐食的悲慘情狀時，當下也垂淚悲憫。也許是詩人眼睛所見的悲慘之狀，深深的刻劃於內心，於是便寫詩控訴蝗蟲此等天地間特號的害蟲。然而，王令接著卻藉著蝗蟲代言，以他自己和蝗蟲對話的方式，控訴人類黑暗政治的腐敗，貪婪地剝削社會弱勢的百姓，那麼人類有何資格批評蝗蟲之肆虐？蝗蟲自謂「我豈能自生，人自召我來啜食」，人類所栽種的糧食正是蝗蟲賴以生存的食物，蝗蟲食稻糧原是生物自然的本性，反觀人類除了食用稻糧之外，尚且不知足，還為了己利、作賤了善良的人性，一些讀聖賢書、口稱仁義道德的儒者，當褪去外表「仁義皮」的偽裝，實際卻是「虎豹皮」，大肆的吸取民脂民膏，這些仗著高貴地位的讀書人，假借著宣揚堯舜的聖賢道理，實際上卻是滿肚腹的蟲蛆，專門欺壓百姓。所謂「割剝赤子身，飲血肥皮膚。噬啖善人黨，嚼口不肯吐。」就是對假仁義眞虎豹儒者的控訴。這些文官儒者，劫取百姓的身家性命與財產，以充實自家的房舍、嬪妹、倉儲、馬廄等象徵富貴的資產，就連後代子孫以及奴婢都能連帶的獲得庇蔭。甚至，也出現「子不父而父，妻不夫而夫」家庭亂倫的亂事。此外，這些儒者不以臣子之本分事奉國君，既不事農業生產、又不能帶兵，只會張口等待美食，盡可能的搜刮自己想要的資產，身上所穿的是「錦繡衣襦」、喝的是美酒，吃的是「山珍海味」。相對的，百姓卻貧窮到無以為家，飢餓到無以為食的地步，「人食人」的狀況莫不為此。王令本詩藉蝗蟲反諷人類社會的不公不義，貪婪殘忍之心比蝗蟲有過之而無不及。

王令〈夢蝗〉一詩，反映民瘼特深，尤其以鋒銳的筆觸將偽裝仁義的讀書人貪婪的行徑做一深刻的揭露，並將之與蝗蟲做一比擬，蝗蟲自食而已，而這些實際上是虎豹皮的讀書人的貪婪惡性卻比蝗蟲更可惡。吾人可謂，王令對社會階級現象的觀察是敏銳的，也令人讚嘆其悲憫民瘼的心腸。王安石曾對這位年命不永的文人大表讚賞，王安石〈與王逢原書〉七篇之一表達對王令的詩具有「嘆蒼生而淚垂之說」的感發。（註五二）

在文學作品中，吾人常見以蝗蟲入詩，以述寫其肆虐農作侵害庄稼之劣行；然而，亦常見將蝗蟲生物的特性比擬貪婪之人性，或者用以譬喻不事勞動而坐享其成者，謂其「蝗蟲過境」，茲觀宋人王令「夢蝗」詩，用「人」與「蝗」特殊的對話方式呈現人類階級社會的不公義以及人性的醜惡，這是繼唐代白居易〈捕蝗〉諷喻長吏捕蝗錯誤政策的歷史經驗上，以鮮明的寓言筆法，進一步彰顯文學寓意的創作精神。

六　結論

由於中國自古以農立國，自詩經年代始，諸多有關蝗蟲生物特性以及生態描繪的文學詩歌已然創作，在古籍的記載中，先民們習慣以蝗蟲喜食作物之部位，如：「螟」、「螣」、「蟊」、「賊」來命名；或者不同成長階段，如：「蝻」、「蝗」等用以稱呼。在中國歷代，尤其唐宋兩代朝廷重視農業政策之推動，吾人可在唐宋文人的「蝗災詩」得知在防治蝗災的方法上，朝廷不單遵行上古時代有效的捕蝗策略，甚至在宋代發展出「防治爲先」的觀念，以掘蝗子（卵）之法，杜絕蝗蟲的成長以達到滅蝗之果效。

在唐宋「蝗災詩」裡，文人述寫旱蝗災異伴生之狀，農民饑難之悲苦以及朝廷禳災捕蝗之法。更重要的是，文人藉蝗蟲之生物特性，比擬與諷喻託諷之事，從唐代白居易新樂府詩〈捕蝗〉一詩將長吏比擬爲「百蟲」，用以諷喻長吏捕蝗策略之錯誤；至宋代王令〈夢蝗〉以

「人」與「蝗蟲」之對話方式，揭露當時儒者貪婪腐敗之醜惡面貌，比蝗蟲更不如，其鮮明的寓言筆法，更可彰顯寓意文學創新獨特的一面。

注釋

註一　屈萬里：《詩經詮釋》（臺北市：聯經出版社，一九九九年四月），頁十一。

註二　《說文解字注》：「蝗，螽也。」注曰：「部曰：『螽，蝗也，是爲轉注。』《漢書五行傳》曰：『介蟲之孽者，謂小蟲，有甲，飛揚之類，陽氣所生也。於春秋爲螽，今謂之蝗。』按：螽，蝗。古今語也。是以《春秋》書螽，《月令》再言蝗蟲。《月令》，呂不韋所作。」（臺北市：黎明文化公司，一九九一年四月），頁六七四。

註三　屈萬里：《詩經詮釋》，頁四一二。

註四　包偉民、吳錚強：〈形成的背後：兩宋勸農制度的歷史分析〉：「中國歷史上的勸農制度起源頗早，歷代時行時廢，文獻記載也頗零散。北宋眞宗景德三年（一〇〇六）二月，朝廷令地方官以『勸農使』入銜，從此形成制度，直至清末行之不輟，影響深遠。」《浙江大學學報》二〇〇四年第一期（二〇〇四年一月），頁三八。

註五　〔清〕陳芳生：〈捕蝗考〉，《學海類編》，收入《百部叢書集成》（臺北縣：藝文印書館，一九六七年），第二四輯。

註六　〔唐〕歐陽詢：〈災異部．蝗〉，《藝文類聚》（上海市：上海古籍出版社，一九八一年八月），卷一〇〇，頁一七二八。

註　七　同前註，頁一七二九。

註　八　同前註。

註　九　〔清〕陳芳生：〈捕蝗考〉，《四庫全書珍本》（臺北市：臺灣商務印書館，一九七二年），史部十三．政書類三，頁一－十八。

註　十　〔唐〕歐陽詢：〈災異部．蝗〉，《藝文類聚》，卷一〇〇，頁一七三〇。原文見《呂氏春秋》卷十八〈不屈〉曰：「匡章謂惠子於魏王之前曰：『蝗螟，農夫得而殺之，奚故？爲其害稼也。』」（《呂氏春秋集釋》卷第十八〈不屈〉），北京市：中華書局，二〇一〇年三月，頁四九五）。

註十一　〔宋〕蘇軾著，〔清〕馮應榴輯注，黃任軻、朱懷春校點：《蘇軾詩集合注》（上海市：上海古籍出版社，二〇〇一年），卷十三，頁五九四。

註十二　同前註。

註十三　同註十一。

註十四　宋人施元之註曰：「《唐韻》：『蝝，蝗子也。』」（同註十一），頁五九四。

註十五　同註十一。

註十六　〔宋〕羅大經《鶴林玉露》（臺北市：臺灣開明書店，一九七五年），卷三，頁三。

註十七　石聲漢注曰：「這是徐光啓根據歷史記載、訪問、觀察和實驗，對除蝗的總結。對蝗的發生規律，有深入正確的認識：（一）破除了蝗災是『天禍』的迷信，樹立了人定勝天的信心；

（二）提出結合團體，大家動手的辦法；（三）提出防、治並重的方案。這些都是有積極意義的。〔明〕徐光啓撰，石聲漢校注：《農政全書校注》（臺北市：明文書局，一九八一年），卷四四，〈荒政〉，頁一三一三。

註十八　〔明〕徐光啓撰，石聲漢校注：《農政全書校注》，卷四四，〈荒政〉，頁一三〇〇。

註十九　游修齡：〈中國蝗災歷史和治蝗觀〉，《華南農業大學學報》二〇〇三年第二期（二〇〇三年二月），頁九四－一〇〇。

註二十　鄭雲飛：〈中國歷史上的蝗災分析〉，《中國農史》一九九〇年第四期（一九九〇年），頁。

註二一　「梅聖俞詩中有毛長官者，今於潛令國華也。聖俞歿十五年，而君猶爲令，捕蝗至其邑，作詩戲之」一詩，見〔宋〕蘇軾著，〔清〕馮應榴輯注，黃任軻、朱懷春校點：《蘇軾詩集合注》，頁五五五六。

註二二　張波等編：《中國農業自然災害史料集》（西安市：陝西省科學技術出版社，一九九四年），頁四九五－五〇〇。

註二三　《全唐詩》（北京市：中華書局，一九九六年），卷二七三，頁三〇七一。

註二四　〔宋〕蘇轍著，曾棗莊、馬德富校點：《欒城集》（上海市：上海古籍出版社，一九八七年），中卷之三，頁一一五八－一一五九。

註二五　〔宋〕張耒：〈七言絕句〉，《張耒集》（北京市：中華書局，一九九八年），卷二六，頁四六六。

註二六　〔宋〕張耒：〈五言古詩〉，《張耒集》（北京市：中華書局，一九九八年），卷十一，頁一八五。

註二七　〈古詩〉，《四部叢刊初編．濟北晁先生雞肋集》（上海市：上海商務印書館，一九二二年影印上海涵芬樓藏明刊本）卷十，頁二一。

註二八　（宋）蘇轍著，曾棗莊、馬德富校點：《欒城集》，中卷之三，頁一一六一－一一六二。

註二九　（宋）蘇軾：《蘇軾文集》（北京市：中華書局，一九八六年），卷二六，奏議，頁七五三。

註三十　（宋）李燾：《續資治通鑑長編》（北京市：中華書局，一九九五年），卷三二一，頁七一一三。

註三一　（宋）蘇軾：《蘇軾文集》（北京市：中華書局，一九八六年），卷六二，青詞，頁一九一七。

註三二　屈萬里：《詩經詮釋》（臺北市：聯經出版社，一九九九年四月），頁四一二。

註三三　（宋）陸游：《劍南詩稿校注》（上海市：上海古籍出版社，一九八五年），卷十三，頁一〇七三。

註三四　張志強：〈宋人對蝗災的認識與防治〉，《淡江史學》十九期（二〇〇八年九月一日），頁七四。

註三五　（宋）歐陽修：《新唐書》（北京市：中華書局，一九七五年），卷一二四，頁四三八四。

註三六　〈古詩〉，《四部叢刊初編．濟北晁先生雞肋集》，卷一一，頁六。

註三七　屈萬里：《詩經詮釋》，頁二六三。

註三八　洪章夫：〈從昆蟲的形態及生態詮考《詩經》中莎雞之物種〉，《興大人文學報》第五一期（二〇一三年九月），頁二六－二一七。

註三九　〔漢〕班固：〈平帝本紀〉，《漢書》（北京市：中華書局，一九六二年），卷十二，頁三五三。

註四十　〔清〕徐松：《宋會要・瑞異》，頁二一二五。

註四一　〔宋〕歐陽修著，洪本健校箋：《歐陽修詩文集校箋・外集》（上海市：上海古籍出版社，二〇〇九年），卷三，頁一三三七－一三三八。

註四二　〔宋〕歐陽修著，洪本健校箋：《資治通鑑長編》卷一二三、一二九；或引《歐陽修詩文集校箋・外集》，卷三，頁一三三七。

註四三　〔宋〕王令：《廣陵集》，《四庫全書珍本》，集部三，別集類二，廣陵集卷三，頁四。

註四四　《四部叢刊初編・臨川先生文集》（上海市：上海商務印書館，一九二二年影印上海涵芬樓藏明刊本），卷九七，〈墓誌〉，頁一。

註四五　《新校本宋史》卷十〈本紀第十・仁宗〉云：「景祐元年春正月甲子，發江、淮漕米振京東飢民，諸災傷州軍亦如之。戊辰，詔三司鑄景祐元寶錢。甲戌，詔執政大臣議兵農可更制者以聞。詔募民掘蝗種，給菽米。」，楊家駱主編「中國學術類編：新校本宋史並附編三種」，（臺北市：鼎文書局，一九九四年，頁一九七）。

註四六　同上註，頁一三五六。

註四七　〔南朝宋〕劉勰著，范文瀾注：《文心雕龍註》（北京市：人民文學出版社，一九六二年），頁一五七。

註四八　〔宋〕蘇軾，孔凡禮點校：《蘇軾文集》（北京市：中華書局，一九八六年），頁三五六。

註四九　《全唐詩》（北京市：中華書局，一九九六年），卷八二六，頁九三〇八。

註五十　《全唐詩》，卷八三六，頁九四二一。

註五一　〔唐〕白居易著，朱金城箋注：《白居易集箋校》（上海市：上海古籍出版社，二〇〇三年），頁一七四。

註五二　〔宋〕王令：《廣陵集》，《四庫全書珍本》，集部三，別集類二，廣陵集卷四，頁三。

註五三　《四部叢刊初編·臨川先生文集》，卷七五，〈書〉，頁一。

明道大學國學論叢　008

互涉與共榮——唐宋生態文學研究論集

主　　編　明道大學中國文學系
責任編輯　蔡雅如

發 行 人　陳滿銘
總 經 理　梁錦興
總 編 輯　陳滿銘
副總編輯　張晏瑞
編 輯 所　萬卷樓圖書股份有限公司
排　　版　浩瀚電腦排版股份有限公司
印　　刷　晟齊實業有限公司
封面設計　斐類設計工作室

發　　行　萬卷樓圖書股份有限公司
　臺北市羅斯福路二段 41 號 6 樓之 3
　電話　(02)23216565
　傳真　(02)23218698
　電郵　SERVICE@WANJUAN.COM.TW
大陸經銷　廈門外圖臺灣書店有限公司
　電郵　JKB188@188.COM

ISBN 978-957-739-888-8
2014 年 12 月初版一刷
定價：新臺幣 360 元

如何購買本書：
1. 劃撥購書，請透過以下郵政劃撥帳號：
　帳號：15624015
　戶名：萬卷樓圖書股份有限公司
2. 轉帳購書，請透過以下帳戶
　合作金庫銀行　古亭分行
　戶名：萬卷樓圖書股份有限公司
　帳號：0877717092596
3. 網路購書，請透過萬卷樓網站
　網址　WWW.WANJUAN.COM.TW
大量購書，請直接聯繫我們，將有專人為您服務。客服：(02)23216565　分機 10

如有缺頁、破損或裝訂錯誤，請寄回更換

版權所有·翻印必究
Copyright©2014 by WanJuanLou Books CO., Ltd.
All Right Reserved　**Printed in Taiwan**

國家圖書館出版品預行編目資料

互涉與共榮——唐宋生態文學研究論集/ 明道大學中國文學系主編. -- 初版. -- 臺北市：萬卷樓, 2014.12
　面；　公分. -- (明道大學國學論叢；8)
ISBN 978-957-739-888-8(平裝)

1.生態文學　2.文學評論　3.唐代　4.宋代文學　5.文集

820.904　　103019485